*fine*BOOKS

Unbehauste

2. Edition

24 Autoren über Fremdsein

Eine Anthologie

Herausgegeben von Alexander Broicher

Impressum

© fineBooks Verlag Alexander Broicher. Berlin, 2020
2., aktualisierte Auflage
Alle Rechte vorbehalten. Nachdruck und Vervielfältigungen –
auch auszugsweise – nicht gestattet.

Herausgeber: Alexander Broicher
                        finebooksverlag.com
Lektorat: Ramona Raabe
Umschlaggestaltung: Ulla C. Binder
                        Mo Tapprogge
                        mo-creation-design.com
Satz: Gaja Busch
                        Mo Tapprogge
                        mo-creation-design.com

Printed in Germany

ISBN 9783948373214

Inhalt

Meiner Mutter

die immer
mein Zuhause ist

Vorwort

Liebe Leserinnen und Leser,

mit dieser zweiten Edition unserer »Unbehauste«-
Reihe knüpfen wir thematisch an den ersten Band
an, gehen aber noch einen Schritt weiter, indem
wir unsere Blickwinkel erweitern. Unsere bewährte
Mixtur aus Prosa, persönlichen Erlebnissen und
Reportagen behalten wir bei, mischen wie gewohnt
Erzählungen aus nah und fern.
Eine mehr als turbulente Zeit liegt hinter uns. Die
besorgniserregenden Entwicklungen in der Türkei,
Europa in der Dauerkrise, Kriege und Bürgerkriege,
die nach wie vor enorme Flüchtlingsströme produ-
zieren, was wiederum in den Aufnahmeländern zu
Konflikten und subjektiv empfundenen Bedrohungs-
kulissen führt.
Das Schutzbedürfnis des Menschen klar erkennend,
haben alle intakten Gesellschaften Protektionsmecha-
nismen für ihre Bürger oder Mitglieder entwickelt,
die meisten Kulturen sogar eine humane Ethik.
Doch was passiert, wenn Bürger auf archaische Re-
flexe eines vermeintlichen Selbstschutzes zurück-
greifen und dem Souverän nicht mehr vertrauen?
Das Aussetzen des Gewaltverzichts deutet am ehesten

auf eine schwindende Legitimation hin, die Zweifel an der inneren Souveränität des Staates aufkommen lassen kann. Bisher ist die Anzahl vergleichbarer Übergriffe in Deutschland überschaubar gewesen, aber sie sind ein deutliches Warnzeichen an die Volksvertreter, dass ihnen die Macht nur geliehen ist.

Gesellschaftliche Bedürfnisse, auch im Sinne eines Schutzraumes, muss der Staat seinen Bürgern und Bewohnern erfüllen, damit er als legitimer Vertreter wahrgenommen wird. Besonders in einer indirekten Demokratie darf selbstredend nicht jedem Fähnchen im Wind nachgegeben werden, gleichwohl aber erwarten breite, sprich demokratische Strömungen eine politische Reaktion. Eine anderenfalls einsetzende Radikalisierung wünscht sich sicher niemand.

Doch wann ist ein Anspruch legitim und wann stehen für die politische Vertretung Werte und Menschenrechte über den möglicherweise kurzfristigen Artikulationen ihrer Bürger?

Schauen wir nicht nur auf die gewählten Vertreter. Wir sind ebenfalls Akteure dieses Prozesses und nicht nur Zaungäste, die der Gesellschaft passiv oder für ihr Amüsement beiwohnen. Richtig, wir sind das Volk. Lassen wir das Aufkommen eines Transhumanismus nicht zu, entspringen jene Werte doch unserer Tradition.

Das Ende der Toleranz wurde beschworen, aber vielleicht braucht es eher eine neue Ethik, einen neuen Gesellschaftsvertrag, der die Basis eines gemeinsamen Zusammenlebens regelt, geprägt von Toleranz, aber auch von klaren Regeln. Regeln, die für alle gelten. Dann könnte ein Verstoß gegen die Gemeinschaftsstandards zum Ausschluss führen. So hätten Radikale aller Seiten keinen Platz mehr in der Mitte unserer Gesellschaft.

Michel Houllebecq sprach von der Möglichkeit einer Insel. Warum keine Insel der Möglichkeiten? Möglichkeiten können die Welt bedeuten. Sie umdeuten. Sie zu einer besseren machen. Kristallisationspunkt sein, wie das Sandkorn in der Auster, aus der eine Perle erwächst oder der Flügelschlag eines Schmetterlings, der einen Orkan entfacht. Die Theorien und Bilder sind bekannt. Niemand sollte vergessen, wie dankbar jeder selbst für seine Chancen war. Erlauben wir auch anderen, ihr Flügel auszubreiten.

Ich bedanke mich ganz herzlich bei den Autorinnen und Autoren dieses Bandes, bei: Friedrich Ani, Moritz Rinke und Eylem Özdemir-Rinke, Norbert Kron, Jo Schück, Katharina Höftmann, Melanie Mühl, Selim Özdoğan, Hannah Lühmann, Judith Döker, Robin Baller, Linda Rachel Sabiers, Jule Müller, Manfred Theisen, Mark Horyna, Julia Alina Kessel, Emil Fadel, Juliane Marie Schreiber, Constantin Klemm, Fabian Herriger und bei Ramona Raabe.

Des Weiteren danke ich meiner Familie für ihre Kraft sowie Andrea und Peter, Gaja Busch, Freia Schleyerbach, Ulla C. Binder und besonders

Ramona Raabe für ihre unermüdliche Unterstützung und, last but not least, Samara für alles andere.
Ich freue mich sehr über die positive Resonanz und breite Rezeption unserer Arbeit.
Wie bereits beim ersten Band dieser Reihe, der in Neuauflage ebenfalls im fineBooks Verlag erscheint, kommt ein Teil des Erlöses dieses Buches der Integrationsförderung in Form von Sprachkursen und Fortbildungen zugute.
Begleiten Sie uns auf diese belletristische Lesereise und lassen Sie sich von 24 Erzählungen inspirieren, die alles sind, nur nicht langweilig oder einseitig.

Alexander Broicher
Berlin, im Oktober 2016

Moritz Rinke

Gespräch mit einem anderen Erdoğan

Ich bin schon wieder in der Türkei. Bei der letzten Ausreise übermittelte ich dem Auswärtigen Amt noch alle Passnummern meiner Familie, Abflugort, Flugnummer etc., denn nach all den Berichten, die über die Maßnahmen nach dem Gegenputsch in der Türkei erschienen waren, dachte ich, ich würde sofort von den Grenzpolizisten verhaftet und in eines dieser überfüllten Gefängnisse geworfen werden – die Journalistin Tuğba Tekerek berichtete, sie habe mit 27 Gefangenen in einer einzigen Zelle gesessen, darunter auch eine Schwangere, die in der Hocke schlafen musste, tagelang, ohne Wasser.
In Berlin sagte mein Sohn, der eigentlich noch gar nicht sprechen kann: »Annanenne«, jeden Tag: »Annanenne«, damit meinte er immer wieder seine türkische Großmutter. Meinem Sohn sind der Gegenputsch, der Präsident und seine Säuberungen egal, er will »Annanenne«. Diesmal habe ich nichts dem Auswärtigen Amt übermittelt, ich bin einfach so mit meinem Sohn ins Land von Annanenne gereist.
Ich kann in der Türkei sowieso besser an meinem Theaterstück über Luther schreiben als in Berlin. Es ist absurd, mitten im Auge des wütenden Autokraten finde ich meine Ruhe.

Abends gehe ich immer in ein kleines Restaurant in der Altstadt von Antalya. Der Koch, den ich den besten Koch der Welt nenne, ist Alevit aus Ostanatolien, aus Bingöl, wo er von Sunniten vertrieben worden ist, die dort lange friedlich mit den laizistischen Aleviten ausgekommen waren.

Als ich ihn nach seinem Namen frage, sagt er leise »Erdoğan«, er heiße so, er schämt sich fast ein bisschen. Nachdem man ihm in Bingöl eine sunnitische Moschee direkt vor sein Haus gebaut hatte und er geflüchtet war, ging er nach Kemer, wo er Teppiche verkaufte, bis er das machte, was er am besten konnte.

Sein Sohn nimmt die Bestellungen auf, und da ich meist der einzige Gast bin, sprechen wir die ganze Zeit über den anderen Erdoğan. Der Sohn spricht auch leise. Das Schlimmste ist, sagt er, dass wir alle nur ganz leise sprechen.

»Aus Angst?«, frage ich ihn.

»Hörst du den Muezzin?«, fragt er.

Er ist nicht zu überhören, man hört kaum sein eigenes Besteck mehr beim Essen, wenn der Muezzin betet.

»Er betet nicht mehr«, sagt der Erdoğan-Sohn. Seit der Putsch niedergeschlagen worden ist, verkündet der Muezzin seine Anweisungen, was die Menschen tun sollen und was nicht. Von Tag zu Tag immer länger, immer häufiger und immer siegesgewisser.

Frage ich den Vater, was er von den religiösen Anweisungen des Muezzins hält, spricht er so leise, dass ich ihn überhaupt nicht mehr höre, so als würde man ihm, sobald er einen Laut von sich gibt, sofort wieder eine Moschee direkt vor seine Kochplatte bauen.

Gehe ich in Cafes und befrage die türkischen Freunde zu den Verhaftungswellen in Istanbul, im Stadttheater, in den Zeitungen, in den Universitäten: Man beginnt zu flüstern. Und selbst wenn ich Annanenne frage, dann senkt diese sonst so lebensstarke Frau ihr Haupt und flüstert.

Die Türkei ist mittlerweile ein Land, in dem die einen flüstern und die anderen aus dröhnenden Lautsprechern schreien.

Gespenstisch war der Nationalfeiertag der Türkei am 30. August. An diesem Tag gedenkt man der türkischen Nationalbewegung und des Unabhängigkeitskrieges unter Mustafa Kemal Atatürk gegen die fremde Besatzung. Ein kriegerischer, eigentlich kein wirklich schöner Tag der Erinnerung, aber immerhin ein Tag der Kemalisten, die der Türkei die Trennung von Staat und Religion brachten.

Die neuen »Demokraten« der Türkei ihres Präsidenten verweigerten diesen laizistischen Tag, man sah sie nicht. Und hörte auch nicht den Muezzin. Die Türkei war an diesem Tag das leiseste Land der Welt.

Moritz Rinke, geboren 1967 in Worpswede, studierte Drama, Theater, Medien in Gießen. Seine Reportagen, Geschichten und Essays wurden mehrfach ausgezeichnet.

Sein Stück »Republik Vineta« wurde 2001 zum besten deutschsprachigen Theaterstück gewählt und 2008 für das Kino verfilmt. 2010 erschien sein Debütroman »Der Mann, der durch das Jahrhundert fiel«, der zum Bestseller wurde. Sein Theaterstück »Wir lieben und wissen nichts« ist eines der erfolgreichsten Dramen der letzten Jahre und wird an über 50 Bühnen gespielt. Moritz Rinke lebt und arbeitet in Berlin.

Eylem Özdemir-Rinke

Eylemci

»Was passiert denn in deinem Land??« – »Sind die Türken verrückt geworden?!« – »Also, bei euch geht's ja drunter und drüber!" – das sind so die Fragen und Bemerkungen, die ich höre, wo immer ich hinkomme. Manche lesen die Zeitungen auch genauer und fragen so: »Wie entwickelt sich die Türkei nach Gezi?« – »Wird es eine neue Partei geben?« – »Sind die Menschen leider zu dumm für eine Demokratisierung?«

Um ehrlich zu sein: Ich rege mich über diese Fragen auf. Vermutlich fühle ich mich einerseits als Türkin angesprochen, ja, als stolze Türkin, die ihr Land, ihre Menschen verteidigen will, denn meine Freunde, meine persönliche Türkei, das ist ja eine ganz andere Türkei, wir sind ja nicht alle verrückt oder gar zu dumm. Andererseits weiß ich, dass es für Deutsche von außen betrachtet völlig verrückt erscheinen muss, was unsere Regierung veranstaltet: offene Korruption, Millionen von Dollars versteckt in Schuhkartons, die Abschaffung der Justiz, absurdeste Zensur-Gesetze, die nicht mal Putin sich durchzusetzen trauen würde; dazu die ganze Lebensfeindlichkeit: das Alkoholverbot (unser geliebter Raki!). Sogar das Küssen ist in der Türkei teilweise verboten worden.

Ja, das ist verrückt, das ist dumm, aber es schmerzt, es tut mir weh, wenn deutsche Freunde bei dem Thema Türkei die Augen verdrehen; wenn mir sogar mein eigener Mann Vorträge hält: »Also, deine Türkei ist doch eine demokratisch gewählte Diktatur! So wird das nichts mit der EU!« Weiß ich selbst. Meine Freunde in Istanbul sind zwar toleranter, demokratischer als so mancher Deutsche, aber natürlich ist die politische Situation nach 11 Jahren AKP-Regierung schlimm und ich schaue manchmal etwas wehmütig auf Deutschland, wenn hier ein Bundespräsident zurücktreten muss, nur weil er sich auf das Oktoberfest hat einladen lassen. Erdoğan, unser Ministerpräsident, hat sich darüber bestimmt kaputtgelacht.

Als ich von Berlin nach Istanbul fuhr, um im letzten Sommer im Gezi-Park zu sein, rief ich meine Eltern in Antalya an, um zu berichten. Mein Vater weinte. Er war 1978, als ich geboren wurde, Student. Er war bei Protesten auf der Straße, aber sie konnten nichts erreichen, bald kam der Militärputsch. Er gab mir den Namen »Eylem«, das bedeutet: »Aktion, in Bewegung.« Ich sagte ihm am Telefon: »Hier im Gezi-Park sind Hundertausende!« Er sagte: »Das Fernsehen zeigt nur Pinguine und Quizshows!« Dann kaufte er sich einen Computer. Mein Vater folgte mir auf Facebook. Hat es in der Türkei schon so etwas gegeben, dass sich Eltern bei Facebook anmelden, um zu erleben, wie sich die Türkei verändert?

Was war unsere Gezi-Bewegung? War sie eine Revolution?

Nein.

Revolutionen verändern die Verhältnisse, der arabische Frühling veränderte Systeme, das ist bei uns nicht geschehen.

War die Gezi-Bewegung eine Manifestation einer neuen türkischen Generation, so eine Art türkisches 68?

Ja.

Ich sage: Die Türkei ist nun eine andere. Wir, die wir Nacht für Nacht im Gezi-Park waren, sagen: Wir sind jetzt wirklich eine andere Türkei. Wir haben endlich HOFFNUNG, auch wenn unser Ministerpräsident um sich beißt und kläfft wie ein einfältiger Hund. Aber er hat uns gehört. Er hat nun Angst, große ANGST. Und bald fallen ihm vor lauter Herumgebeiße die Zähne aus.

Wir wollten immer eine friedliche Bewegung. Kein Blut. Keine Toten. Und haben doch sechs Aktivisten (Eylemci) verloren. Wir haben immer gesagt: Wir kämpfen mit Fantasie, mit Ironie, mit spielerischem Bewusstsein.

Vielleicht war die Gezi-Bewegung eine innere Revolution. Wir haben alle in uns Lichter angezündet, uns gegenseitig die neuen Lichter gezeigt. Und wir haben der Welt gezeigt, wer dieser Recep Tayyip Erdoğan ist.

Und das war erst der Anfang. Jetzt müssen wir die innere Revolution nach außen tragen. Mit unseren Mitteln, das braucht Zeit. Aber wir haben die neuen Lichter, die neue Hoffnung – und die anderen, die haben nur die Angst.

Sommer 2015

__Eylem Özdemir__, 1978 in Antalya geboren, ist Tänzerin und Mitgründerin der Performance-Company »Zeit Getroffen Kollektiv«. Sie unterrichtet zudem an der Berlin Kids International Bilingual School. Ihre Texte erschienen im »FAZ«-Blog »10 vor 8«.

Norbert Kron

Eine Geschichte von Flucht und Hoffnung

1

Er ist gekidnappt worden, er hat erlebt, wie Menschen gefoltert wurden, er ist nur knapp dem Tod entronnen.

Der junge Mann, der an diesem Morgen das Klassenzimmer betritt, hat schwarze Augen, in denen ein unergründlicher Schimmer liegt. Er ist ein mittelgroßer, schlanker Junge, der ein breit gestreiftes T-Shirt und einen Ring am Zeigefinger trägt. Seine olivbraunen Wangen haben Schattierungen, die wie Narben aussehen. Und nach allem, was er erlebt hat, ist es wahrscheinlich, dass es Narben sind.

Berhe Gonetse ist 18 Jahre alt, und es ist klar, dass das Schimmern in seinen Augen die Dinge widerspiegelt, die er auf der Flucht gesehen hat. Damals, als er in der Geiselhaft von Beduinen war.

»Da war eine große Grube, in die sie die Toten geworfen haben. Die Beduinen scherten sich um alles einen Dreck, sie taten, was sie wollten. Sie vergewaltigten die Frauen und wenn die Frauen schwanger wurden, ließen sie viele während der Schwangerschaft sterben.«

Berhe Gonetse spricht gut Hebräisch, mit einer ernsten Coolness. Er hat Glück gehabt, ist 2011 nach seiner Odyssee durch den Sudan und Ägypten nach Israel gelangt, wo er in das Saharonim-Gefangenenlager in der Negev-Wüste gebracht wurde.

»Ich war dreizehneinhalb, aber weil ich jünger aussah und keinen Pass hatte, habe ich mich für elf ausgegeben. Da haben sie gesagt, du kommst in ein Internat.«

Als er die Altersschummelei erwähnt, schleicht sich ein Lächeln in sein Gesicht. Es tastet sich tatsächlich voran, stiehlt sich auf Zehenspitzen in seine Züge, wie ein Tier, das auf der Hut ist und prüft, ob die Luft rein ist.

Denn auch das ist klar: Er wäre an diesem Morgen nicht in die Schule gekommen, wenn da nicht die Frau mit den schwarzen schulterlangen Haaren wäre, die nun an seiner Seite steht. Auch sie hat tiefschwarze Augen, aber sie sind von einem anderen, in sich ruhenden Schwarz, einem Schwarz, das Güte ausstrahlt.

Devora Schlesinger ist seit über dreißig Jahren an der Schule. Bis vor Kurzem war sie Berhe Gonetses Lehrerin und Berhe Gonetse einer ihrer außergewöhnlichsten Schüler. Als ihre Blicke sich begegnen, spürt man, dass den jungen Mann mit der Frau ein besonderes Vertrauensverhältnis verbindet.

»Diese Schule ist mehr als eine Schule«, sagt Berhe Gonetse, »sie ist ein Zuhause.«

Die Bialik-Rogozin-Schule ist das einzige Zuhause, das Berhe Gonetse in der Fremde gefunden hat. Vor anderthalb Jahren hat er hier mit sehr guten Noten seinen Abschluss gemacht. Dank Devora Schlesinger ist die tragische Geschichte von Berhe Gonetse in vielerlei Hinsicht auch eine Glücksgeschichte. Eine Geschichte von Flucht und Hoffnung.

2

Eritrea ist ein weites heißes Land, das vom Hochland mit dem angrenzenden Sudan als Wüste zum Roten Meer hin abfällt. Über dreißig Jahre hat es um seine Unabhängigkeit gekämpft, in einem blutigen Krieg, in dem über 200.000 Menschen ums Leben kamen und in dem es sich von der Diktatur durch das Nachbarland Äthiopien befreite. Doch auch im unabhängigen Eritrea herrscht kein Frieden. Seit einem Vierteljahrhundert führt eine »Übergangsregierung«, die sich demokratisch nennt, ein Einparteienregime, das für gravierende Menschenrechtsverletzungen verantwortlich ist. Reporter ohne Grenzen stuft Eritrea weltweit als das Land ein, in dem die Pressefreiheit am brutalsten eingeschränkt wird (1).
Im Hochgebirge nahe der Haupstadt Asama gibt es bedeutende Rohstoffvorkommen. Kupfer, Zink, Gold und Silber bringen chinesischen und kanadischen Unternehmen hohe Profite ein, doch bei der Bevölkerung kommt nichts davon an. Korruption und Unterdrückung führen dazu, dass der Reichtum an Bodenschätzen und Edelsteinen dem Volk vorenthalten bleibt. 5.000 Eritreer fliehen jedes Jahr aus dem Land und nehmen dabei große Gefahren in Kauf. Wer als Regierungskritiker, Deserteur oder Flüchtling verhaftet wird, verschwindet laut Amnesty International ohne Prozess in dunklen Staatsgefängnissen, aus denen viele nicht wiederkehren (2).

Es sind Menschen wie Berhe Gonetse. Solange diese Regierung regiert, kann er nicht in seine Heimat zurück. Während er erzählt, hält er den Kopf gesenkt, blickt von unten herauf. Vielleicht ist es das, woran das Schimmern seiner dunklen Augen erinnert, an den Glanz der ungehobenen Edelsteine, den die eritreischen Hochgebirge bergen. Verhangener Rauchquarz, schwarzer Obsidian – es ist ein schüchternes, aber zugleich bestimmtes Leuchten, das aus seinem Inneren aufsteigt und mehr als versteckten Schmerz andeutet, auch einen tiefen Mut.

Berhe Gonetse ist zu Beginn des Eritrea-Äthiopien-Kriegs geboren, der vom Mai 1998 bis zum Juni 2000 dauerte. Der Krieg, eine Eskalation der Streitigkeiten, die die Grenzziehung nach der Unabhängigkeit Eritreas nach sich zog, bedeutete für die Menschen im Grenzgebiet dauernde Lebensgefahr. Manche wurden in den Krieg geschickt, andere einfach ausgebeutet.

»Was dem ganzen Dorf widerfuhr, drei- bis vierhundert Familien – darüber will ich nicht sprechen.«

Er beißt sich bei diesem Satz auf die Lippen, es ist ein Ausdruck des Schmerzes über das, was er damals gesehen hat – und Gegenwehr gegen die Tränen, die ihm kommen, wenn die Bilder wieder in ihm aufsteigen. Mord, Vergewaltigung, Folter, Sklaverei: Wenn er dergleichen schon als kleines Kind erlebt hat, war es nur eine Ankündigung der grausamen Dinge, deren Zeuge er später wurde.

Berhe Gonetses Dorf wurde ins Grenzgebiet zum Sudan umgesiedelt, in die Provinz Gash-Barka.

»Es war sehr hart dort, es gab kaum Medizin. Die Jungen begannen zu revoltieren, schlugen das Oberhaupt des Dorfes, worauf das Dorf in vier Teile aufgeteilt wurde. Meine Familie landete in einem weiteren Dorf in der Nähe zum Sudan. Ich wusste immer, dass ich eines Tages weggehen würde, aber noch nicht damals, ich war noch zu jung«, sagt er und beißt sich wieder auf die Lippen. »Auch darüber möchte ich nicht sprechen.«

War er selbst an den Aufständen beteiligt, wurde er misshandelt? Hat seine Familie ihn losgeschickt, damit wenigstens einer von ihnen ein besseres Leben findet? Oder ist er abgehauen, auf eigene Faust aufgebrochen? Die wahrscheinlichste Erklärung ist, dass Berhe Gonetse bereits damals gekidnappt wurde. Gekidnappt von einer der Banden, die Männer und Frauen aus der Krisenregion verschleppen, auch aus den Flüchtlingslagern Shagrab und Kassala, in dem eritreische Flüchtlinge im Sudan Zuflucht finden.

Das unabhängige sudanesische Mediennetzwerk »Dabanga« berichtet auf seiner Webseite über die brutalen Methoden, mit denen kriminelle Gruppen ihre Opfer aus der Grenzregion verschleppen und auf welchen Routen sie sie nach Norden in das angrenzende Ägypten bringen (3). In der Zeit, in der sich Berhe Gonetses Odyssee nach Israel ereignete, waren solche Entführungen nach UNHCR-Angaben an der Tagesordnung. Über Zehntausend solcher Entführungsfälle soll es allein zwischen 2007 und 2014 gegeben haben, etwa dreißig pro Monat. Die sudanesische Polizei arbeitete dabei mit den Menschenhändlern vielfach Hand in Hand.

Wie barbarisch die Kidnapper zu Werke gehen, welch grausames Schicksal die Opfer erleiden, hat der preisgekrönte Journalist Michael Obert 2013 in einer Reportage für das SZ-Magazin rekonstruiert. Obert erzählt die Geschichte eines Flüchtlings, der ein älterer Bruder von Berhe Gonetse sein könnte und in einem Flüchtlingslager auf dem Weg zur Essensausgabe »unter den Augen sudanesischer Soldaten, die von den Vereinten Nationen für den Schutz der Flüchtlinge bezahlt werden«, von sechs Männern mit Kalaschnikows verschleppt wird.

Die Männer, die dem Nomaden-Verbund des Rashaida-Stamms angehören, transportieren ihn mit enem Pick-up nordwärts. »Von einer kriminellen Bande an die nächste weiterverkauft, wird er von einem gut organisierten Netzwerk über die Grenze nach Ägypten geschafft, mit rund 150 anderen entführten Eritreern in einen als Geflügeltransporter getarnten Lastwagen gepfercht und über die Suez-Kanal-Brücke auf den Sinai gekarrt. Die einzige Frischluft kommt durch die Schlitze hinter dem Motor. Als schwer bewaffnete Beduinen die Heckklappe des Lastwagens aufreißen, sind sieben Afrikaner erstickt, darunter zwei Kinder und ein Baby.« (4)

Auch Berhe Gonetse ist wohl auf dieselbe Weise in die Hände von Beduinen im Sinai gelangt. Das Wüstendreieck, das von Rotem Meer, Suez-Kanal und Israel begrenzt wird, wird von etwa 300.000 Menschen besiedelt, von denen die meisten Viehzucht betreiben. Einige Beduinenstämme aber leben vom Menschenhandel. Berhe Gonetse schildert beim Gespräch in der Schule genau, wie die Entführer Kapital aus ihren Opfern schlagen:

»Am Anfang verlangen sie 3.000 Dollar Lösegeld. Je mehr Zeit vergeht, desto höher steigt die Summe, von 10.000 auf 15.000 Dollar. Die Verwandten müssen zahlen. Mich hielten die Beduinen in sicherem Gewahrsam, da ich für sie Arabisch-Übersetzungen gemacht habe. Aber wer das Geld nicht aufbringt, dem entnehmen sie Organe. Oder sie bringen ihn einfach um. Es wurde nach und nach eine richtige Industrie der Entführung und Vergewaltigung. Je mehr Geld sie erpressten, desto mehr gingen die Preise in die Höhe.«

Berhe Gonetse wechselt Blicke mit Devora Schlesinger, seiner ehemaligen Lehrerin, der er diese Dinge schon früher anvertraut hat. Man merkt, dass ihre Anwesenheit ihm Sicherheit verleiht, und wie schwer es ihm fällt, die Geschichte vor Fremden zu erzählen. Der Zuhörer spürt ein ähnliches Unbehagen: Seine Schilderungen sind in ihrer Grausamkeit fast zu plakativ, als dass man ihre Dimension fassen könnte. Können die Dinge, die er erzählt, stimmen? Was bedeuten sie konkret?

Tatsächlich decken sich Berhe Gonetses Schilderungen genau mit den Berichten anderer, die die barbarische Methodik dokumentieren, mit der die Schergen ihren millionenschweren Menschenhandel betreiben (5). »Das sind keine Menschen«, sagt ein Opfer, das sind „Bestien« (6). Sie schlagen ihre Entführungsopfer mit Eisenstangen oder Ketten so lange, bis diese ihnen die Telefonnummern ihrer Verwandten verraten. Sobald der telefonische

Kontakt hergestellt ist, geht die Folter systematisch weiter, um die Lösegeldforderung in die Höhe zu treiben:

»Die Kidnapper drücken ihren Opfern Zigaretten in den Gesichtern aus, brandmarken sie mit glühendem Metall, überschütten sie mit kochendem Wasser. Sie umwickeln ihre Finger mit Kabeln und drücken sie in die Steckdose, bis das Fleisch schwarz wird, oder sie gießen ihnen Diesel über den Kopf und zünden sie an, während die Angehörigen der Gefolterten daheim ihre Schreie über Handy mit anhören müssen.« (7) Ein Opfer berichtet, dass es mehrere Tage lang an einem Fleischerhaken in seiner Folterzelle aufgehängt war. Von seiner Hand ist nur noch eine verstümmelte Haut- und Knochenklaue geblieben.

Die Verrohung, die die Täter an den Tag legen, ist so wenig zu begreifen wie die Verrohung, mit der die Roten Khmer ihre Opfer auf den kambodschanischen Killing Fields abschlachteten – oder, natürlich, mit der die Nationalsozialisten ihren industriellen Völkermord in den Gaskammern von Auschwitz oder Sobibor betrieben. Das Motiv, das hinter den Verbrechen der Menschenhändler im Sinai steht, ist jedoch offenbar frei von jeder weltanschaulichen Ideologie und ausschließlich ihrer puren finanziellen Gier geschuldet. Einer der Folterknechte berichtet, dass er für seine Arbeit 120 Euro im Monat erhalte – von Mitgefühl keine Spur. »Vor einer benachbarten Kellerzelle stehen täglich Beduinen an, um Frauen zu vergewaltigen. Mit dem heißen Gummi geschmolzener Kühlerschläuche verbrennen sie ihre Brustwarzen und stoßen Eisenstangen in ihre Vaginen. Selbst wenn eine der Frauen ihren Verletzungen erliegt, lösen sie ihre Fesseln nicht. Tagelang bleiben die Überlebenden an die Toten gekettet.« (8)

Wenn man die Summen hochrechnet, die sich aus den Lösegeldern ergeben, lässt sich der Gewinn in den letzten zehn Jahren auf sagenhafte 300 Millionen Dollar schätzen (9). Können die skrupellosen Menschenhändler einmal kein Geld erpressen, tauschen sie ihre Opfer zuweilen auch gegen Fahrzeuge ein: drei Geiseln gegen einen Toyota Land Cruiser, sieben gegen einen Lastwagen (10). Wieviel obendrein jene Opfer einbringen, für die niemand Lösegeld bezahlt, ist unklar. Ihr Leben wird in noch brutalerem Wortsinn ausgeschlachtet. Menschenrechtsaktivisten berichten, dass den Geiseln Nieren und andere Körperteile entnommen worden seien, um sie auf dem Organmarkt zu verkaufen. Die Abnehmer seien ägyptische Ärzte aus Kairo, die für die Organe viel Geld bezahlen würden – nach Recherchen von CNN zwischen 1.000 und 20.000 Dollar (11). Die Rede ist sogar von einer mobilen Klinik, in der Organtransplantationen mitten in der Wüste durchgeführt würden.

In einem Massengrab außerhalb des Friedhofs der nordägyptischen Stadt Al-Arish wurden neben der Müllgrube eines Slums über tausend Tote gefunden, bei denen es sich um Entführungsopfer handeln soll. Im Jahr 2014 belief sich die Zahl derer, die auf dem Sinai spurlos verschwunden sind, auf 4.000, wie die Organisation Ärzte für Menschenrechte (PHR) schätzt. 5.000 bis 7.000 der insgesamt 50.000 bis 60.000 afrikanischen Flüchtlinge, die es in Israel gibt, haben eine Entführungsgeschichte hinter sich und haben diese überlebt (12).

3

Einer von ihnen ist Berhe Gonetse, der junge Mann im Klassenzimmer der Bialik-Rogozin-Schule. Man kann verstehen, dass er über die Dinge, der er gesehen hat, nichts Näheres erzählen will. Berhe Gonetse hat bei seiner Entführung Glück. Glück, dass er den Beduinen als Übersetzer helfen kann, Glück, dass seine Familie für ihn irgendwie das Lösegeld zusammenbringt, Glück, dass er einen Onkel in Tel Aviv hat, dem einige Jahre zuvor die illegale Einreise nach Israel gelungen ist. Dieser wird mit der Lösegeldübergabe betraut.

»Als sie meinen Onkel anriefen, sagten sie ihm, dass er das Geld an einen bestimmten Ort legen sollte. Die Entführer sind gut vernetzt, zum einen in Gaza, aber sie haben auch viele Freunde in Israel. Sie holen es ab, ohne dass sie gesehen werden.«

Obwohl der Onkel den Umschlag mit dem Geld hinterlegt, kommt Berhe Gonetse nicht sofort frei.

»Es spielt keine Rolle, wann das Lösegeld bezahlt worden ist. Man kann dann immer noch drei, vier Monate gefangen bleiben. Wenn sie das Geld für zwanzig, dreißig Leute zusammen haben, zeigt ihnen ein Beduine den Weg zur Grenze.«

Der Weg birgt eine weitere Gefahr: ägyptischen Soldaten in die Hände zu fallen. Dann geht die Odyssee weiter, findet das Martyrium kein Ende: Sie stecken die Flüchtlinge erst in ein ägyptisches Gefängnis – und schicken sie in ihr Heimatland zurück. Für einen Flüchtling wie Berhe Gonetse bedeutet das: in einem der Staatsgefängnisse von Eritrea zu verschwinden.

»Es waren ein oder zwei Kilometer bis zur Grenze, und man sagte uns, geht nicht dort entlang, da sind die ägyptischen Soldaten, sondern geht zur anderen Seite, da sind die Israelis. Die israelischen Soldaten schicken einen niemals zurück. Wenn man ärztlich behandelt werden muss, zum Beispiel wegen einer gebrochenen Hand, bringen sie einen direkt nach Beer Sheva ins Krankenhaus, wo man behandelt wird. Wer medizinisch okay ist, wird direkt ins Lager Saharonim gebracht.«

In Saharonim wird er zwei Tage befragt, er schwindelt die Soldaten in Bezug auf sein Alter an. Dann liefert ihn einer, ohne dass die Befragung zu Ende ist, im Levinsky Park in Tel Aviv ab, der Anlaufstelle für alle afrikanischen Flüchtlinge. Von dort aus sucht er sich den Weg zu seinem Onkel, wo er bis heute lebt.

So kam Berhe Gonetse, der als Christ erzogen ist, nach Israel, in ein Land, von dem er überhaupt nichts wusste. Tatsächlich, sagt Berhe Gonetse, hat er erst in der Gefangenschaft auf dem Sinai begriffen, wo er sich befindet – und dass Israel das einzige Land ist, das ihm Zuflucht bieten kann. Israel, das er vorher nur aus der Bibel kannte.

»Ich hatte Angst vor den religiösen Menschen. Anfangs traute ich mich nicht mal, das Haus zu verlassen, weil ich so Angst hatte.« Da stiehlt es sich wieder in sein Gesicht, sein Lachen. »Ich kannte nur die Geschichten aus der Bibel – dass die Juden Jesus umgebracht haben – und die anderen Geschichten, mit denen ich aufgewachsen bin.« Was soll aus einem Jungen werden, der mit 13 Jahren in einem Land gestrandet ist, in das er nie wollte? Ein Junge, der vielleicht nie mehr zurück in seine Heimat kann? Hätte er je eine Chance im Leben gehabt, wenn er nicht an die Bialik-Rogozin-Schule gekommen wäre? Wenn er dort nicht Devora Schlesinger getroffen hätte, die – wie es der Zufall will – eine religiöse Jüdin ist?

4

Die Frau mit den tiefschwarzen Augen unterrichtet seit zweiunddreißig Jahren an der Schule. Früher trug diese nur den Namen Rogozin und war eine Schule wie jede andere auch.
»Süd-Tel Aviv war damals völlig israelisch, hier lebten keine Flüchtlinge. Ich bin Geografie-Lehrerin und habe an der Rogozin-Schule angefangen. Es gab etwa 1.000 Schüler, von der sechsten bis zur zwölften Klasse. 90 Prozent der Schulabgänger schafften es auf die Universität.« Als die Stadtbehörde von Tel Aviv aber die Stadtviertelbindung für Schulen auflöst, beginnen viele Eltern im sozial schwachen Süden der Stadt, ihre Kinder auf Einrichtungen im Norden zu schicken. Zurück bleiben die, die sich den Wechsel nicht leisten können. Aufgrund drastisch sinkender Schülerzahlen will die Stadt die Rogozin-Schule Anfang der 1990er Jahre schließen, doch die Schüler beginnen zu demonstrieren, kämpfen um ihren Erhalt. Es ist genau die Zeit, als Israel eine große

Immigrationswelle aus der früheren Sowjetunion erfasst, die die soziographische Landkarte verändert.

Viele der »Olim Chadishim«, der Neubürger aus Russland, lassen sich in Süd-Tel Aviv nieder. Die Stadtbehörde gibt der Rogozin-Schule eine neue Verfassung, aus einer normativen Lehrplanschule wird eine Mitbestimmungsschule, bei der Schüler und Lehrer den Lehrplan im gemeinsamen Dialog erarbeiten. »Diese Jahre waren eine tolle Herausforderung«, sagt Devora Schlesinger mit einem Leuchten im Blick. »Die Lehrplangestaltung war spannend. Lehrer und Schüler lernten voneinander. Aber es handelte sich immer noch um rein jüdische Kinder.«

Acht Jahre dauert diese Phase. Am Ende, währen der letzten beiden Jahre, beginnt sich das Gesicht von Süd-Tel Aviv erneut zu wandeln: Es wird bunter, vielschichtiger, erhält aber auch ernstere, schwierigere Züge. Eine Welle ganz anderer Einwanderer drängt nach Israel: Auf die sowjetischen Immigranten folgen die Gastarbeiter aus Südostasien und die Flüchtlinge aus Afrika. Die einen sind, genau wie die türkischen Gastarbeiter in Deutschland, als Billigarbeitskräfte ins Land geholt worden – hauptsächlich Philippinos, die als Reinigungskräfte, in der Landwirtschaft oder bei der Altenbetreuung benötigt wurden. Die anderen strömen illegal über die Grenzen, meist vertrieben von den Kriegen in Äthiopien, dem Sudan oder Eritrea – so wie Berhe Gonetse. Wieder wirkt sich der Wandel von Tel Avivs Süden auf die Rogozin-Schule aus: »Immer weniger Eltern wollten, dass ihre jüdischen Kinder zusammen mit den Migrantenkindern lernen.«

Die neue Schulleiterin Karen Tal, die die Schule in diesen Tagen übernommen hat, ist gegen das Mitbestimmungsmodell und führt das Regelschulsystem wieder ein. Weniger Schüler, davon die meisten Gastarbeiter- und Flüchtlingskinder – genau dasselbe Bild bietet sich auch einige hundert Meter weiter, an einer Grundschule in der Nähe des Zentralen Busbahnhofs. Ihr Name: Bialik-Schule. Da deren Gebäude obendrein völlig marode ist, liegt es nahe, die beiden Schulen zu vereinen, die Bialik-Grundschule und die Rogozin-Hauptschule. So entsteht die Bialik-Rogozin-Schule.

Das Leuchten in Devora Schlesingers Gesicht lässt keinen Zweifel daran, dass sie stolz ist, die Neugründung dieser einzigartigen Schule miterlebt zu haben. Einer Schule, die für einen Dokumentarfilm einen Oscar gewann und die weltweit ein Vorbild ist, für ihre Integrationsleistung, für ihre Menschlichkeit. Für Devora Schlesinger ist der Wandel des Viertels in all den Jahren kein Abstieg, sondern die wunderbarste Herausforderung, der sie als Mensch begegnen konnte. Wie den anderen Lehrern an der Schule ist ihr freigestellt worden, die Schule zu verlassen und an eine rein jüdische Schule zu wechseln, in ein Umfeld, das wohlhabender und gebildeter ist. Aber genau das will sie nicht, im Gegenteil:

»Eine Reihe Lehrer ging. Ich aber sagte: Nein, ich bleibe. Ich spürte, dass diese Schule für mich ein Zuhause ist. Ein Ort, an dem ich eine echte Verbindung mit den Kindern aufnehmen kann, egal, ob sie jüdisch sind oder nicht. Kinder sind wie Plastilin. Es spielt keine Rolle, wo sie herkommen: ein Kind bleibt ein Kind. Das Besondere an dieser Schule ist die Vielfalt. So viele verschiedenartige Kinder aus so vielen verschiedenartigen Ländern sind eine wunderschöne Sache. Es ist niemals langweilig, die Zusammensetzung verändert sich dauernd. Man kann immer neue Geschichten hören, erfährt immer Neues, lernt immer dazu.«

Erst der Wandel der Schule hat Devora Schlesinger das Entscheidende in ihrem Leben entdecken lassen, etwas, was man Berufung nennen könnte. Das hat nicht nur mit ihrem Beruf als Lehrerin zu tun. Ihre Mission, ihr Engagement, hängen auch mit ihrem Glauben zusammen:

»Ich glaube, dass jeder Mensch eine Schöpfung Gottes ist. So sehe ich die Kinder, ohne Frage: Jedes von ihnen ist ein Gottesgeschöpf, alle sind gleich. Wir müssen ihre Unterschiedlichkeit annehmen.«

5

Es wirkt wie eine wundersame Fügung, dass ausgerechnet sie, die gläubige Jüdin, den Flüchtlingsjungen, der Angst vor den religiösen Juden hat, als Schüler bekommt. Doch ist dies keine göttliche Bestimmung, die vom Himmel fällt – für beide gehört ein mutiger aktiver Schritt dazu. Berhe Gonetse fasst den Mut, sich aus dem Versteck bei seinem Onkel herauszuwagen und auf die Bialik-Rogozin-Schule zu gehen, Devora Schlesinger bringt die Zivilcourage auf, ihre Überzeugung gegen die diametral entgegengesetzte Haltung der israelischen Rechten durchzusetzen.

Flüchtlinge mit offenen Armen aufzunehmen, das ist unter religiösen Juden in Israel nicht Common Sense. Devora Schlesinger wohnt im Dorf Berhod in der Nähe von Lod, einer Kleinstadt in der Nähe des Ben Gurion Flughafens. Es ist ein religiöses Dorf, und vor ihren Mitbürgern muss sie sich bis heute rechtfertigen, dass sie an der Migrantenschule unterrichtet:

»Die Leute in meiner Umgebung fragen mich immer wieder: Bist du dir sicher? Die große Angst, die aus religiöser Perspektive herrscht, ist, dass Juden Nichtjuden heiraten und dass auf diese Weise der Anteil der Fremden wächst. Aber wenn man den Kindern die Werte lehrt, werden sie sich loyal gegenüber unseren Werten verhalten.«

Zum Judentum gehört, erklärt Devora Schlesinger, auch die große Angst vor dem Fremden. Diese Angst rührt natürlich von jahrhundertelanger Verfolgung her. Die jüdische Diaspora-Erfahrung, das erzwungene Leben in der Fremde, das mit Antisemitismus einherging und im Holocaust gipfelte, daraus lassen sich eben zwei – entgegengesetzte – Schlussfolgerungen ableiten. Die eine betont den unbedingten Willen, dass dergleichen nie wieder geschehen dürfe, dass sich das jüdische Volk gegen alles Fremde, das es bedrohen könnte, schützen muss. Das ist der Grund für die strikte, zuweilen maßlos wirkende Reaktion auf jeden Angriff, der dem israelischen Gemeinwesen gilt. Diese Position wird von den meisten Konservativen in Israel vertreten und ist der Grund für die ablehnende Haltung gegenüber nicht-jüdischen Einwanderern, die auch »Eindringlinge« genannt werden.

Die andere ist, ganz im Gegenteil, eine besondere Empathie für jene, die selbst ein Verfolgungsschicksal erleiden, die auf der Flucht sind, wie es zur Urerfahrung der Juden gehört. Dieser Standpunkt wird eher vom säkularen, linken, liberalen Teil der Gesellschaft vertreten. Unter religiösen Juden ist er eine Ausnahme. Auch das macht Devora Schlesinger zur Ausnahme-Lehrerin.

»Aus der Geschichte des jüdischen Volkes lässt sich ableiten, die Flüchtlinge in ihrer Andersartigkeit aufzunehmen. Auch wenn dies ein religiöses Problem darstellt. Ein Mensch ist ein Mensch, diese Überzeugung kommt aus dem Judentum. Aber natürlich gibt es in Israel immer den Widerspruch: Ist Israel ein demokratischer oder ein jüdischer Staat?«

Devora Schlesinger hat sich dafür entschieden, diesen Widerspruch durch ihr Handeln aufzulösen, gegen die Kritik aus dem eigenen Lager. Für sie ist das nicht nur eine Sache ihres Glaubens – ihre Haltung ist auch unmittelbar mit der eigenen Familiengeschichte verknüpft. Ihre Mutter und ihr Vater, die eine aus Rumänien, der andere aus der Tschechoslowakei, sind beide Holocaustüberlebende. Sie waren selbst Flüchtlinge nach dem Krieg.

»Meine Eltern haben sich im Flüchtlingslager in Schweden kennengelernt. In einem Flüchtlingslager auf Zypern haben sie 1947 geheiratet. Sie kamen mit dem Boot aus Europa und wollten nach Palästina. Aber die Briten (13) ließen sie nicht ins Land. Fast der ganze Rest der Familie wurde im Holocaust ermordet.«

Devora Schlesingers Vater, 1922 geboren, ist schon vor fünfzig Jahren gestorben. Aber ihre Mutter lebt noch und spricht über alles, was damals geschehen ist. Nicht nur Devora Schlesingers Großeltern wurden ermordet, auch neun ihrer fünfzehn Onkel und Tanten.
Devora Schlesinger hat selbst vier Kinder, die ihr bereits Enkelkinder geschenkt haben. Ihre Augen blicken mit warmem Ernst, als sie das alles erzählt. Die Augenfältchen, die ihren Blick umrahmen, weisen auf die doppelte Botschaft hin, die in der Familiengeschichte enthalten ist. Es ist eine Geschichte von Trauer und Überleben, eine Geschichte, die nicht nur vom Schmerz handelt, sondern auch vom Triumph, dass ihre Familie – wie das jüdische Volk – über die Nazischlächter gesiegt hat.
Und diese Geschichte reicht bis in die Gegenwart. Denn natürlich ist die Geschichte ihrer Eltern der Schlüssel für die Art und Weise, mit der sie sich dem Flüchtlingsthema unserer Tage annimmt. Devora Schlesinger zitiert ihre Mutter, die 95-jährige Holocaust-Überlebende, die eine klare Position in der Diskussion bezieht:
»Wir waren selbst Flüchtlinge, wir müssen die Flüchtlinge aufnehmen. Darauf verweist meine Mutter immer, wenn sie diskutiert – auf die Geschichten, die sie über die Tage erzählt, als sie Flüchtling war. Die gute Art, wie die Schweden sie behandelt haben, wie sie sie aufnahmen und sich um sie kümmerten: Das ist das Modell, wie man Flüchtlinge behandeln sollte.«

6

Berhe Gonetse versteckt sich in Israel zunächst in der Wohnung seines Onkels. Schließlich fasst er den Mut, mit ihm zur Stadtbehörde zu gehen. Weil er kein Hebräisch versteht, wird ihm ein Sprachkurs verordnet. Berhe Gonetse kommt an die Bialik-Rogozin-Schule. Von diesem Moment an wird dieser außergewöhnliche Ort zu seiner Heimat.

»Er lernte sehr schnell, war ein exzellenter Schüler«, sagt Devora Schlesinger. »Er hatte sehr gute Noten, bestand all seine Examen, studierte auf hohem Niveau Biologie. Er war immer der in der Klasse, der sich am besten artikulieren konnte, die Stimme der anderen Schüler.«

»Meine Mutter hat mir beigebracht, immer alles zu sagen, was einem in den Kopf kommt. Wenn man jemanden damit verletzt, muss man sich eben entschuldigen. In Eritrea würde ich nicht so offen sprechen, aber in Israel geht das. Hier herrscht Redefreiheit.«

Berhe Gonetse will vor allem eins, kaum dass er Hebräisch sprechen gelernt hatte: seiner Familie in der Heimat helfen. Allerdings bekommt er kein Visum, das ihm zu arbeiten erlaubt. »Also habe ich mir Visa von anderen Leuten ausgeborgt«, sagt er, und da ist es wieder das schüchtern-freche Lächeln, das sich in sein Gesicht schleicht, »damit ich außerhalb der Schule arbeiten und Geld nach Hause senden konnte«. Jetzt macht er sich älter, gibt sich für 18 aus und nimmt alle Jobs an, als Reinigungskraft, als Bauarbeiter, was auch immer er bekommen kann.

Und dann ist da dieser Mann, der Events in der Nähe der Universität veranstaltet. Als Fahrer bekommt Berhe Gonetse einen guten Stundenlohn, kassiert darüber hinaus satte Trinkgelder. Bis der Mann ihn eines Tages beiseite nimmt und sagt: »Du bist doch keine 18, oder?« Berhe Gonetse erschrickt, kriegt es mit der Angst zu tun. Was, wenn er von der Polizei ist? Aber das ist er nicht. Nachdem Berhe Gonetse ihm seine Geschichte offenbart, hilft ihm der Mann, wo er nur kann. »Er war der netteste Typ, der mir je begegnet ist. Bei ihm verdiente ich viel Geld. Er half auch meinem Onkel, die Miete zu bezahlen.«

Heute ist Berhe Gonetse 18, hat die Schule beendet, ist in dem Alter, an dem alle Israelis (mit Ausnahme der Religiösen und der Araber) ihren Wehrdienst leisten müssen. Der Wehrdienst dauert für junge Männer drei Jahre und für junge Frauen zwei. Anders als in Deutschland, wo die Verbrechen, die die Wehrmacht im Zweiten Weltkrieg beging, ein höchst gebrochenes Verhältnis zum Militär hinterlassen haben (und wo die Friedensbewegung sich vor dem Bundesverfassungsgericht das Recht erstritt, Tucholskys Satz »Soldaten sind Mörder« zu zitieren), ist die Armee in Israel eine geachtete und tragende Säule der Gesellschaft.

Sie ist nicht nur die Institution, die den jüdischen Staat vor jedem Angriff schützen soll, sie ist, wie die israelische Schriftstellerin Sarah Blau sagt (14), die Schmiede der israelischen Identität. Mögen Israelis die Beendigung ihres Wehrdiensts bei langen Auslandsreisen noch so ausgelassen feiern, ob in Goa oder in Berlin, die Armeezeit gehört

für jeden jüdischen Israeli unabdingbar zum Lebenslauf.
Berhe Gonetse, der in der israelischen Gesellschaft erwachsen geworden ist, würde gern zur Armee gehen. Er
hat offiziell um Erlaubnis gefragt. Aber er hat keine israelische Staatsbürgerschaft, er hat noch nicht mal eine
unbefristete Aufenthaltserlaubnis. Sein Visum, das alle
vier Wochen erneuert werden muss, trägt seinen Namen
und eine Nummer, aber zugleich den Vermerk: darf nicht
arbeiten. Er blickt wieder von unten herauf, lässt seine
Edelsteinaugen schimmern und behauptet mit bitterem
Trotz:
»Ich brauche das Dauervisum auch gar nicht. Wenn ich
dieses Visum bekomme, können sie mich nach Holot
schicken, in das Lager für Flüchtlinge. Der einzige gute
Grund für das Visum bestünde darin, dass ich bessere
Jobs machen könnte, nicht nur körperliche Arbeit.«
Berhe Gonetses Existenz ist immer noch eine Geschichte
von Flucht und Hoffnung. Er lebt in einem bitteren Widerspruch: Einerseits will der Staat Israel den über 50.000
Flüchtlingen, die in Israel leben, kein dauerhaftes Asyl ge-
währen. Oft werden ihre Asylanträge einfach nicht bear-
beitet. Nur ein einziger Sudanese und ein einziger Eritreer
haben laut Devora Schlesinger politisches Asyl erhalten.
Andererseits sind da die vielen Menschen, die Berhe Gonetse geholfen haben, oft an der offiziellen Bürokratie vorbei.
Devora Schlesinger und die Bialik-Rogozin-Schule haben
ihm ein Zuhause gegeben, ihn zu einem gebildeten jungen
Mann gemacht. Er ist vollkommen israelisch sozialisiert,
schätzt und lebt die Werte der israelischen Gesellschaft.

Berhe Gonetse hat den Asylantrag gestellt. Damit er nachweisen kann, dass er es versucht hat.

»Es gibt keine Einwanderungspolitik in Israel«, hebt Devora Schlesinger die Schultern, »die Kinder kamen und niemand wusste, wie ihre Rechtslage ist. Das schuf eine Menge Spannungen und Unsicherheit. Anfangs hat die Polizei die Kinder sogar verhaftet.«

Devora Schlesinger plädiert ganz klar dafür, dass Flüchtlinge wie Berhe Gonetse, die längst Teil der israelischen Gesellschaft sind, Staatsbürger werden sollten.

»Ohne jede Frage: Die Gesellschaft sollte sie vollständig aufnehmen. Heute sind die Grenzen im Sinai dicht. Die Situation wird also bleiben, wie sie ist. Insgesamt handelt es sich nur um eine kleine Anzahl von Menschen, die sich ausschließlich auf Tel Aviv und, in bereits geringerem Ausmaß, auf Jerusalem verteilen. In Deutschland ist die Auswirkung eine ganz andere, es kommen viel mehr dorthin, das wird eine enorme gesellschaftliche Veränderung bewirken. Aber hier wird man die Einwanderung mit den Jahren nicht einmal mehr spüren.«

Devora Schlesinger und Berhe Gonetse wechseln Blicke, sie blickt ihn mit ihren Augen forschend an, er schaut mit seinen schimmernden Augen zurück.

Und was sagt er selbst zu alldem? Fühlt er sich als Israeli? Was wünscht er sich?

Das Lächeln, das jetzt noch einmal in seinem Gesicht glänzt, verschmilzt mit den Narben auf seinen Wangen. Es ist ein vernarbtes Teenager-Lächeln, und die Scharten hat ihm nicht die Pubertät ins Gesicht geschlagen, sondern ein Schicksal, das auch weiterhin Mut benötigt.

»Israeli? Nein, so fühle ich mich nicht. Ich bin kein Israeli. Ich kann nicht sagen, was meine Identität ist. Der Grund, warum ich zur Armee gehen wollte, hat auch nichts mit der Staatsbürgerschaft zu tun. Viele glauben, ich will zur Armee, um den Pass zu bekommen. Aber ich will zur Armee, weil ich wie jeder sein will, der die Schule besucht hat. So lange ich hier bin, bin ich ein Teil dieses Landes. Wenn es Krieg gibt, kann ich auch an seiner Verteidigung teilnehmen. Ich will nur so lange Asyl, bis in Eritrea Frieden und Sicherheit herrschen, dann gehe ich zurück. Ich fühle mich nirgendwo zu Hause, nicht mal in meinem Viertel. Ich sehe ja, wie die israelischen Nachbarn mich anblicken. Der einzige Ort, an dem ich mich zu Hause fühlte, war diese Schule. Hier habe ich mich gleichwertig gefühlt.«

Nur beim Fußball fühlt Berhe Gonetse sich heute rundum glücklich. Jeden Samstag sitzt er vor dem Fernseher und schaut die englische Liga. Sein Lieblingsverein ist Manchester United. Freitags spielt er selbst, vergisst die Arbeit, mit der er sich durchschlägt, blendet die Ablehnung aus, die er immer noch erfährt, träumt sich wie Abermillionen junger Männer auf der ganzen Welt in die Schuhe der großen Fußballstars.

Und in zehn Jahren? Will er irgendwann heiraten, eine Familie gründen?

Da lacht er noch einmal auf, schreckt zugleich zurück, der Gedanke ist ihm viel zu weit gedacht.

»Ich bin ja selbst noch ein Baby«, seine Antwort kommt leise, aber ganz bestimmt, aus der Tiefe des Stollens, der in seinem Inneren ist: »Nein, ich will keine Kinder haben, bevor ich nicht zurück in Eritrea bin. Ich will keine Kinder in die Welt setzen, die sich so wie ich fühlen müssen. Nicht anerkannt und unerwünscht.«

Es gibt eine letzte Frage, die sich an diese Worte anschließt. Sie ist schmerzlich und lautlos, man kann sie ihm nicht stellen. Die Antwort darauf kennt ohnehin nur die Zukunft. Wird er je in seine alte Heimat zurückkehren, dort wieder erwünscht sein? Wird er überhaupt noch einen Ort finden, an dem er ein echtes Zuhause hat, ein Zuhause, das sich anfühlt wie die Bialik-Rogozin-Schule? Oder wird sein Schicksal das Schicksal so vieler Flüchtlinge, Vertriebener, Migranten sein, die weder dort, von wo sie kommen, eine Heimat haben – noch da, wo sie gestrandet sind?

Quellenangaben:

(1) https://de.wikipedia.org/wiki/Eritrea

(2) Germany Trade and Invest, 16.7.2015, https://www.gtai.de/GTAI/Navigation/DE/Trade/Maerkte/suche,t=bergbau-boom-bringt-kaum-entwicklungsfortschritte-fuer-eritrea,-did=1278706.html

(3) »Sudan police hand Eritrean refugees to traffickers to torture«, Dabanga Sudan, 11.2.2014, https://www.dabangasudan.org/en/all-news/article/sudan-police-hand-eritrean-refuge-es-to-traffickers-to-torture-report

(4) Michael Obert, »Im Reich des Todes«, SZ-Magazin 29/2013, http://sz-magazin.sueddeutsche.de/texte/anzeigen/40203/1/1 .
(5) Martin Gehlen, »Ermordet, gequält und ausgeweidet. Entführung, Vergewaltigung, Folter und Organraub – auf der Sinai-Halbinsel werden Flüchtlinge aus Afrika seit Jahren zu Opfern schwerer Verbrechen«, DIE ZEIT, 15. Januar 2013, http://www.zeit.de/wissen/gesundheit/2013-01/organraub-beduinen-sinai-aegypten-menschenrechtsausschuss
(6) Michael Obert, »Im Reich des Todes«, SZ-Magazin 29/2013. Die Entführungsgeschichte des Flüchtlings, den Obert interviewt hat, geht so zu Ende:
»Selomons Martyrium dauert acht Monate. Dann hat seine Schwester das Lösegeld von 30.000 Dollar tatsächlich beisammen und kann es an den Mittelsmann der Beduinen in Israel überweisen. Inzwischen hat Selomon die Hälfte seines Körpergewichts verloren und wiegt nur noch wenig mehr als vierzig Kilo. Er kann nicht mehr stehen, kaum mehr sprechen. Am 26. Juni 2012 werfen ihn die Beduinen in der Nähe der Grenze bewusstlos in die Wüste. Andere Eritreer, die mit ihm freigelassen werden, schleppen ihn hinüber nach Israel.«
(8) ebd. Obert berichtet über den Folterer: »Stattdessen erzählt er gelassen, als spräche er über die Pfirsichernte, wie sie Frauen in Strohzäune einrollten und anzündeten; wie sie ein Baby von der Brust der Mutter rissen, es erwürgten und damit Fußball spielten; wie sie ein Erdloch mit Glut füllten, einen Metallrost darüber legten und ihre Opfer auf die glühenden Stäbe warfen. ›Afrikanisches Barbecue‹, sagt der Mann und nippt an seinem Tee. ›Schwarzes Fleisch.‹«
(9) ebd.

(10) ebd.

(11) Martin Gehlen, »Ermordet, gequält und ausgeweidet. Entführung, Vergewaltigung, Folter und Organraub – auf der Sinai-Halbinsel werden Flüchtlinge aus Afrika seit Jahren zu Opfern schwerer Verbrechen«, DIE ZEIT, 15. Januar 2013.

(12) ebd.

(13) Von 1922 bis 1948 stand Palästina unter britischem Mandat.

(14) In einem Interview im März 2016 mit dem Verfasser N.K.

(Exklusiver Vorabdruck aus dem Buch: »Ein Zuhause in der Fremde – Wie eine einzigartige Schule Kindern Heimat und Zukunft gibt«, Gütersloher Verlagshaus, März 2017.)

Norbert Kron, geboren 1965, lebt in Berlin als Schriftsteller und ARD-Fernsehjournalist (u. a. »titel thesen temperamente«). Zahlreiche Veröffentlichungen, u. a. die Romane »Autopilot« (2002), »Der Begleiter« (2008) und Stipendien, u. a. Deutscher Literaturfonds, Villa Aurora Los Angeles. Zuletzt gab er die Anthologie »Wir vergessen nicht, wir gehen tanzen – Israelische und deutsche Autoren schreiben über das andere Land« heraus (mit Amichai Shalev, S. Fischer, 2015).

Melanie Mühl

Die Asche meiner Tante

Meine Tante ist tot. »Träumst Du eigentlich auf Deutsch oder auf Französisch?«, hatte ich meine Tante vor vielen Jahren einmal gefragt. Sie antwortete mit einer Gegenfrage: »Was glaubst du denn, Kind?« Wir dösten träge auf ihrer Terrasse, während die südfranzösische Sonne langsam hinter den Hügeln versank. Damals war ich tatsächlich noch ein Kind, aber auch als ich längst erwachsen war, nannte sie mich noch so. »Auf Französisch natürlich!«, rief ich. Mein Ton duldete keinen Widerspruch. Seit ich denken konnte, lebte meine Tante an der Côte d'Azur, in Nizza, gute zehn Gehminuten vom Strand entfernt in einer mit Büchern vollgestellten Wohnung, in der man sich wohlfühlen musste. Für mich war sie der Inbegriff des Französischseins. Ihre scheinbar angeborene Eleganz legte sie nie ab und selbst Alltägliches wie Wäscheaufhängen oder Geschirrspülen verrichtete sie mit damenhafter Vornehmheit. Ihre stilvollen Kleider und Röcke nähte sie allesamt selbst. Ihre weiche Haut roch nach Lavendel. Sie trug stets Makeup, nicht, um etwaige Makel zu kaschieren, sondern um ihre Vorzüge dezent zu betonen: die hellen, wachen Augen, den fein geschwungenen Mund, der einen Hang zum Spöttischen hatte. Ich kann mich nicht erinnern, meine Tante je ohne Schmuck

gesehen zu haben. In meine Bewunderung für sie mischte sich allerdings stets die Angst, ihr zu stürmisch um den Hals zu fallen. Ich glaubte, meine zärtlichen Gefühle für sie in Schach halten zu müssen, das war die Kehrseite ihrer Aura. »Ach, Kind«, sagte sie schließlich, »mal so, mal so, meistens aber auf Deutsch. Deutschland ist doch meine Heimat!«
Sie hieß Gisela, wir nannten sie Püppi.

***

Als ich im Flugzeug nach Nizza saß, um die Asche meiner Tante nach Hause zu holen, fiel mir jene Begebenheit auf der Terrasse wieder ein. Als könnte meine Tante gleich lächelnd vor dem Flughafen auf mich warten, das Wort »Kind« bereits auf den Lippen. »Kind« mit hartem »d«.

Wer je nach Nizza geflogen ist, wird den Landeanflug nie vergessen. Eine letzte große Schleife, die das Flugzeug über dem Meer dreht, bevor der Pilot den Sinkflug einleitet. Die Küste mit ihrer breiten, von prächtigen Häusern gesäumten Straße. Das unwirkliche Blau des Meeres. Mitten hinein in dieses Meer wurde die Landebahn gebaut, auf der das Flugzeug sanft aufsetzte.

Ich hatte nur Handgepäck bei mir, einen kleinen Rollenkoffer. Der Wind wehte warm und die Oktobersonne schien so kräftig, als bäume sie sich ein letztes Mal gegen den drohenden Herbst auf.

Die Einäscherung war für 12 Uhr geplant. Nicht in Nizza, sondern in Monte Carlo, wo meine Tante die letzten Jahre ihres Lebens in einem kleinen Heim gewohnt hatte, in das ich nie einen Fuß gesetzt habe. Dabei hatte ich ihr versprochen, sie zu besuchen, mit ihr nach Nizza zu fahren, gemeinsam an den Strand zu gehen. Wir hätten Nüsse, Melonenscheiben und ein kariertes Tuch im Gepäck gehabt, wie früher, als ich noch nichts über das Abschiednehmen für immer wusste. Wir hätten uns am »Strand für die Armen«, wie sie zu sagen pflegte, niedergelassen, und uns gegenseitig versichert, wie absurd wir es finden, für viel Geld eine der Hotelliegen inklusive farblich passendem Schirm zu mieten, wo doch das Meer für alle dasselbe ist! »Im Frühling komme ich bestimmt«, hatte ich am Telefon gesagt. Der Frühling verstrich, der Sommer ebenso. Es würde ein nächster Frühling kommen, dachte ich, ein nächster Sommer. Gewiss.

Ich nahm ein Taxi. »Monte Carlo Athanée, 14 Avenue Pasteur«, sagte ich. Der Taxifahrer nickte, er hatte verstanden, wir schwiegen. Draußen zog das pralle Leben vorbei: lachende Kinder, Luftballonverkäufer, Liebespaare, die die Promenade des Anglais entlangschlenderten. Das Glück des Augenblicks. Während das eigene Leben im Schmerz verharrt, dreht sich die Welt einfach weiter. Man kennt das.

****

Wie alle Frauen in meiner Familie zog meine Tante das Unglück an. Die Liebe ihres Lebens brach ihr das Herz. Er war ein amerikanischer Intellektueller griechischer Abstammung mit einem beträchtlichen Vermögen. Ein stattlicher, siebzehn Jahre älterer Mann, hochgewachsen, die Augenbrauen buschig, der Blick fest. Charmant, natürlich war er auch das. 1958 holte er meine Tante, die erst neunzehn war, nach Paris. Er hieß Dimitri und liebte die Frauen. Er liebte sie so sehr, dass eine ihm nicht reichte. Seine Eskapaden waren das einzig Beständige an ihm, auf seine Seitensprünge war Verlass und nach zehn Jahren hatte er die Geduld meiner Tante endgültig aufgebraucht. Sie verließ ihn.

Zu ihrem eigenen Unglück gesellte sich das Unglück ihrer Patienten. Sie schlurften in die Wohnung meiner Tante, ihre Körper ohne Spannung, und legten sich auf die Couch im Arbeitszimmer. Gemütskranke auf der Suche nach Heilung. Verzweifelte, die sich selbst abhanden gekommen waren. Um ihre Arbeit als Psychoanalytikerin zu verstehen, malte ich mir als Kind aus, wie meine Tante vor einem sehr großen Tresor saß, dessen Code sie knacken musste. Hatte sie es geschafft, stieß sie gleich auf das nächste Zahlenhindernis. So ging es immer weiter, so grub sich meine Tante tief in die Seele der Menschen hinein und holte das Leid, das diese versteckt hatten, ans Tageslicht.

Die Taxifahrt verlief reibungslos. Villefranche-sur-Mer, Beaulieu-sur-Mer, Cap-d'Ail. Namen vertrauter Orte, mit Erinnerungen überfrachtet. Meine Tante und ich in einem kleinen Restaurant am Hafen. Wie wir durch die Gassen schlendern und Eis essen. Ihr manchmal schwer zu interpretierendes Schmunzeln, solche Dinge. Um kurz nach elf nahmen wir die letzte Kurve einer an Kurven reichen Strecke und hielten auf einem kleinen staubigen Parkplatz. Ich stieg aus. Wäre es nicht der Parkplatz eines in den Felsen gemeißelten Krematoriums gewesen, müsste hier ein Schild stehen: Aussichtspunkt. Monte Carlo lag mir zu Füßen. Dicht an dicht standen die schlanken, hohen Häuser des Fürstentums. Ein Ort, der vor lauter Reichtum aus den Nähten zu platzen drohte. Meine Tante hatte ihn stets verachtet. In der Ferne der Fürstenpalast der Grimaldis unter einem endlos blauen Himmel. Weiße Yachten kreuzten über das Meer.

Der Tod meiner Tante hatte sich nicht groß angekündigt. Immerhin ließ er ihr noch die nötige Zeit, einen letzten Wunsch zu äußern. Einen Wunsch, der genau genommen nicht neu war. »Ich kann nicht in diesem Land bleiben«, hatte sie mir schon vor Jahren geschrieben. Sie hatte Frankreich zunehmend als unerträglich empfunden, als fremdenfeindlich, ja rassistisch. Sie vermisste die deutsche Sprache. Ihr Heimweh ist mit der Zeit immer nur größer geworden, nicht kleiner. Fünfzig Jahre in Frankreich konnten das nicht ändern. Dass sie darüber nicht verbitterte, zumindest nicht sichtbar, hatte mit ihrem Anspruch zu tun, Haltung zu bewahren, komme was wolle. Ich blickte in Richtung Meer. Die schwere Eingangstür des Krematoriums öffnete sich und eine Handvoll Trauender trat ins grelle Licht. Alte Menschen, die einander stützten. Ihr leises Schluchzen. Die gekrümmten, bebenden Körper. Ich wusste nicht recht, wohin mit mir. Carine, die Leiterin des Heims und eine Vertraute meiner Tante in deren letzten Lebensjahren, kam scheinbar aus dem Nichts, plötzlich stand sie vor mir. Eine junge Frau Mitte dreißig, feingliedrig, mit dunklem hochgestecktem Haar und heller Haut. Ich erkannte sie sofort, meine Tante hatte oft von ihr erzählt. Stumm umarmten wir einander. Sie sah mitgenommen aus. »Bringen wir es hinter uns«, dachte ich nur.

Wir nahmen in einem kleinen Raum des Krematoriums auf einer Holzbank Platz, Carine, zwei Pfleger aus dem Heim und ich. Ich war mal bei einer Beerdigung, bei der so viele Leute vom Verstorbenen Abschied nehmen wollten, dass beinahe nicht alle in die Kirche gepasst hätten. »So eine Beerdigung möchte ich auch mal«, flüsterte mir ein Kollege ins Ohr. Er nickte anerkennend, als könne der Tote ihn sehen. Mein Versuch, zumindest ein bisschen fassungslos zu schauen, misslang gründlich. Insgeheim hatte ich genau dasselbe gedacht.

Vor uns stand der mit weißen Rosen geschmückte Sarg aus Kirschholz, wuchtig, messingbeschlagen. Vom Geld meiner Tante konnte er unmöglich bezahlt worden sein, sie besaß gar keines. Für ihren finanziellen Absturz hatte niemand aus der Familie eine Erklärung, offenbar hatte

auch nie jemand nach der Geschichte hinter dem Elend geforscht. »Püppi? Ach, der geht's gut!« Wir redeten uns hartnäckig ein, alles sei in bester Ordnung.
Carine hatte die Beisetzung in die Wege geleitet. Inoffiziell. Ihr Freund, sagte sie mit unverhohlenem Stolz, sei mit der monegassischen Fürstenfamilie verwandt. Mit den richtigen Kontakten sei in Monaco alles möglich, der Zugang zu exklusiven Partys genauso wie eine ordentliche Beerdigung.

Der Pfarrer hielt seine Trauerrede auf Französisch, weshalb ich kaum ein Wort verstand. Er hatte schneeweißes Haar, lächelte sanft und vom Band lief, wie ich es mir gewünscht hatte, Mozarts »Maurerische Trauermusik«. Dann fuhr der Sarg ins lodernde Feuer.

Wie lange braucht ein Feuer, um aus einem Menschen Asche zu machen, bei einer Temperatur von 1.200 Grad? Dreißig Minuten? Zwei Stunden? Ich hatte keine Ahnung. Während meiner Recherche zum Thema Urnentransport war ich auf einen Magazin-Bericht gestoßen, der von einem Brand in einem Grazer Krematorium handelte. Die Einäscherung einer Frau, die mehr als 200 Kilogramm auf die Waage gebracht hatte, hatte zu einer Überhitzung in der Filteranlage geführt. Ein Feuer brach aus. Kein Einzelfall, wie ich las. Ein Feuerwehrexperte riet in dem Artikel dazu, nicht alle Leichen in denselben Krematorien einzuäschern. In der Schweiz, sagt er, existiere zum Beispiel eines speziell für »XXL-Leichen«. Meine Tante war nicht fettleibig. »Kommen Sie in vier Stunden wieder, dann können Sie Ihre Tante abholen«, sagte die Mitarbeiterin des Krematoriums.

∗∗∗

Wie schafft man eine Urne außer Landes? Wie konnte ich meiner Tante ihren letzten Wunsch erfüllen, in der deutschen Heimat beigesetzt zu werden? Nicht auf dem offiziellen Weg, sondern ohne diesen ganzen komplizierten Papierkram. Heimlich, still und leise. Im Auto? Und was hätte ich einem Schweizer Grenzbeamten antworten sollen, der wissen will, was in dem großen Karton da im Kofferraum drin sei? »Meine Tante?«, »Das geht Sie gar nichts an?«

Meine Mutter, mein Bruder und ich hatten verschiedene Möglichkeiten der Urnenüberführung diskutiert. Mein Vorschlag, die Asche in eine große Teedose zu füllen, wurde als makaber abgelehnt, dabei hatte ich nur praktisch gedacht. Wir kamen schließlich überein, dass der Postweg das Beste sei. Ich würde eine Nacht in Nizza schlafen und die Urne am nächsten Morgen, sobald die Post öffnete, auf den Weg nach Deutschland bringen. Meine Mutter würde das Paket in Empfang nehmen und ihre Schwester im Allgäu, wo sie geboren wurde, beerdigen. Meine größte Angst war, das Paket könne verloren gehen, so wie Koffer bei Flugreisen manchmal verloren gehen. Es passiert selten, aber es passiert.

Carine und ich fuhren zum Yachthafen. Wir betraten ein

Restaurant und bestellten etwas zu Essen, nicht, weil wir Hunger gehabt hätten, sondern aus einer Art Pflichtgefühl. Vier Stunden später waren wir zurück im Krematorium. Es dämmerte bereits. Ich nannte einer Mitarbeiterin den Namen meiner Tante und sie hakte ihn auf einer Liste ab. »Moment, bitte«, sagte sie und verschwand. Kurz darauf kam sie mit einer relativ schmalen, etwa dreißig Zentimeter hohen Tragetasche aus festem Krepppapier wieder, in der, was die Form betraf, auch eine große Champagnerflasche hätte stecken können oder eine Vase. Die Urne wog mehr als erwartet, drei, möglicherweise vier Kilogramm. Als wir im Auto saßen, hob ich sie vorsichtig aus ihrer Verpackung und stellte sie auf meine Oberschenkel. Eine schön Urne, dunkelblau und verziert mit einem Blumenmuster. Sie war noch warm. Offenbar war beim Umfüllen der Asche etwas danebengegangen, was ich erst bemerkte, als ich die Urne wieder in der Tragetasche verstaut hatte, und zwar an der Asche auf meiner Hose. »That's Gisela!«, rief Carine. Wir lachten.

***

Meine Tante liebte kuriose Geschichten. Die Geschichte ihrer eigenen Heimkehr hätte sie begeistert. Sie hätte sich gefreut, in die Hände geklatscht und »Kind!« gerufen.

Der Fußraum von Carines Golf bot nicht eben viel Beinfreiheit, aber genug Platz für die Urne, die nun zwischen meinen Füßen stand, wie sonst eine Handtasche oder eine Tüte mit Einkäufen vom Wochenmarkt. Sie ruckelte hin und her, was Carines sportlichem Fahrstil geschuldet war. Zäh schob sich der Feierabendverkehr die Küste entlang durch die Dunkelheit. Ich starrte vor mich hin. Mir war nicht nach Konversation. Ich würde die Nacht mit der Asche meiner Tante verbringen. Eine Vorstellung, die ich schon während der Planung der Urnenüberführung eigenartig fand, weshalb ich vorsorglich ein kleines Appartement mit einem vom Eingangsbereich abgetrennten Schlafzimmer gemietet hatte. Diese räumliche Distanz war mir wichtig, ich wollte die Urne nicht permanent in meinem Blickfeld haben. Nach einer guten Stunde Fahrt waren wir endlich da. Das Appartement lag im Zentrum von Nizza, in einer belebten, nur für Fußgänger gedachten und an exklusiven Boutiquen nicht armen Gasse, der Rue Paradis.

Hastig verabschiedeten Carine und ich uns voneinander. Ich war froh, allein zu sein. Mein Appartement lag im oberen Stock und hatte einen kleinen Balkon, eine hübsche Couch und ein großes Bett; alles recht gemütlich. Ich stellte die Urne neben der Tür ab. Im Spiegel mein weißes Gesicht. Ich duschte und kroch ins Bett, erschöpft, aber unfähig einzuschlafen. Zuverlässig trug mich eine winzige weiße Tablette fort in einen traumlosen, narkosehaften Schlaf.

Plötzlich war es draußen hell. Ich musste schnell zur Post. In der linken Hand trug ich die schwere Urne, mit der rechten zog ich den Rollenkoffer laut hinter mir her. Die Sonne brannte, ich schwitzte. Was die Menschen um mich herum wohl in ihren Taschen, Tüten und Rücksäcken transportierten, fragte ich mich ständig. Vermutlich keine Verwandten, doch wer weiß das schon. Kurz vor der Post geriet ich in eine Horde Kindergartenkinder und dachte an die Beschreibung eines Kollegen: »Zuversicht in Zweierreihen«. Meine Tante liebte Kinder, hatte selbst aber keine. Das einzige Kind, das sie je im Bauch trug, verlor sie.

Die Post sah aus, als wäre sie in den 1980er Jahren das letzte Mal renoviert worden. Trotz gekippter Fenster roch es muffig. Ich stellte mich in eine Schlange und als ich endlich dran war, bat ich den Herrn am Schalter um einen Versandkarton: »Den größten bitte, den Sie haben«. Er brachte mir einen lächerlich kleinen. »Tut mir leid«, sagte er und schickte mich in ein nahegelegenes Schreibwarengeschäft. Dort hockte ich zehn Minuten später mit einer Rolle Klebeband und reichlich Plastikfolie mit festen Luftpolstern, die man zwischen zwei Fingern so schön zerdrücken kann, auf dem Fußboden und verpackte die Urne. Später, zurück in der Post, musste ich mich nicht anstellen. Der Postbeamte von vorhin winkte mich, die ich so schwer zu tragen hatte, freundlich nach vorne. Das sei aber ein großes Geschenk, sagte er und strahlte. Ich sagte nichts und überließ ihm die Asche meiner Tante nur widerwillig.
Vier Tage später erhielt meine Mutter ein großes Paket.

Sie sah den DHL-Boten schon von Weitem. »Danke, danke, lassen Sie es ruhig da vorne stehen, ich kümmere mich gleich darum«, sagte sie. Meine Tante war wieder zu Hause.

Melanie Mühl, geboren 1976 in Stuttgart, ist Redakteurin im Feuilleton der »Frankfurter Allgemeinen Zeitung«. Bei Nagel & Kimche erschien von ihr das Buch »Menschen am Berg«, im Hanser Verlag veröffentlichte sie »Die Patchwork-Lüge«, »15 sein. Was Jugendliche heute wirklich denken« sowie im Sommer 2016 »Die Kunst des klugen Essens« (gemeinsam mit Diana von Kopp).

Jo Schück

Opa

– Was hast du eigentlich damals gemacht, Opa?
– Wie, gemacht?
– Na ja, du warst doch dabei, oder nicht?
– Ja, schon irgendwie, aber ich ... ich weiß jetzt auch nicht.
Er hatte die Frage erwartet. Sie sich vor Jahren sogar selbst gestellt, sich und seinen Freunden: »Was machen wir, wenn unsere Enkel uns eines Tages fragen, was *wir* damals gemacht haben?«
Keine Antwort von keinem. Müdes Lächeln. Gemurmel. Manche hatten schon damals stumm ins Leere gestarrt.
Und jetzt stand die Frage im Raum. Und sie machte nicht den Eindruck, sich wegbewegen zu wollen. Sie stand einfach da und starrte ihn an.
Er hatte immer gewusst, sie würde kommen, er hatte nur gehofft, nicht jetzt. Irgendwann später. Für immer irgendwann später.
– Du willst nicht darüber reden, oder?
– Doch, schon, klar ...
Nein, wollte er nicht.
– ... also, was willst du wissen?
– Ich würde einfach gerne verstehen, was damals passiert ist. Ist doch ungewöhnlich, einen Opa zu haben. Und dann noch einen, der die Zeit miterlebt hat!

Er war aus der Zeit gefallen. Hinein in eine andere Zeit.

– Hattet ihr Angst?

– Angst? Nein. Es war ... angespannt. Das schon. Aber Angst? Nein, nicht wirklich. Das, das Schlimme, das kam ja dann erst ...

Er hatte nie aufgehört, darüber nachzudenken. Es war in ihm drin. Ein zähflüssiger Teig, den er zwar unaufhörlich knetete, aber nicht formen konnte. Geschweige denn loslassen. Oder rauslassen. Backen. Wegbacken. Darüber sprechen ... er wusste nicht, wie das gehen soll.

– ... und auch ziemlich unerwartet.

– Du meinst ...?

– Ja. Krieg.

Er haucht das Wort so dahin. Als ob seine Lippen nicht wüssten, was sie taten. Krieg. Es war ihm nicht möglich, sich diesem Wort hinzugeben. Physiologisch undenkbar. Als wenn seine Nervenenden allergisch darauf reagierten. Krankhafte Überempfindlichkeitsreaktion. Krieg war Antigen. Es kam ihm nicht in den Kopf.

– Was hast du an dem Tag gemacht?

– Dem Tag? Es gab keinen Tag. Es war ja nicht wie früher, als ein Land dem anderen eine offizielle Kriegserklärung per Boten überbacht hat.

– War das früher so?

– Klar, sowas lernt man doch in der Schu...

Wie dumm von ihm.

– Jedenfalls war das dann alles einfach so, und bevor du gemerkt hast, was gerade passiert, warst du schon mittendrin.

– Aber es muss doch irgendwie angefangen haben?
– Ach, Anfang, Ende. Wo endet der Anfang, oder wo
fängt das Ende an?
Sie starrten gemeinsam. Seine Enkelin. Und die Frage.
Kreuzfeuer. Was sollte das? Sie war doch eigentlich alt
genug, um zu verstehen, dass es da nichts zu verstehen
gab. Wenn wir eines aus der jüngeren Geschichte gelernt
haben, dann doch vor allem, dass man aus der jüngeren
Geschichte nichts lernen kann. Bis vor Kurzem haben sich
die Historiker noch darüber gestritten, wodurch der Erste
Weltkrieg ausgelöst wurde. Und er sollte ihr jetzt erklären,
was in den letzten 20 Jahren passiert war? Wie naiv von ihr.
– Ach, weißt du, es gab einfach unglaublich viele Holz-
köpfe.
– Holzköpfe?
– Ja. Holzköpfe. Und die saßen an den falschen Stellen.
– Du meinst den aus Ungarn?
– Ja, den aus Ungarn. Den aus Russland. Den aus Spani-
en. Die ganze Welt hat doch verrücktgespielt. Und dann
Norwegen. Ausgerechnet Norwegen.
– Wieso, was war denn mit Norwegen?
– Das war die erste Nation, in der ausschließlich Elektro-
autos gefahren sind.
– Was?
Nichts. Es hatte nichts damit zu tun. Aber, so war das
eben. Keiner konnte sich vorstellen, dass ein so tolles, so
innovatives Land auf einmal ... – und jetzt hatte er statt-
dessen immer Elektroautos im Kopf, wenn er Norwegen
hörte. Wie naiv von ihm.

– Ach, wir dachten einfach, dass die sowas nicht machen würden.
– Aha.
Es ging nicht. Gedankenteig. Klebriger Gedankenteig.
– Das kann man nicht verstehen, wenn man nicht dabei war.
– Deswegen frage ich ja.
– Ja.
– Und waren eure Holzköpfe besser als deren Holzköpfe?
– Was? Nein. Ach so. Na ja, die hatten wir ja auch selbst gewählt.
– Du auch?
– Nein.
Doch. Aber das konnte er ihr ja schlecht sagen. Sie würde es nicht verstehen.
Er war mit dabei gewesen. Aber es war verdammt noch mal auch nicht so einfach, wie die kleine Madame es sich ausmalte. Was hätte er denn tun sollen? Not oder Elend, mehr stand nicht zur Auswahl. Er hatte sich für Elend entschieden. Und ja, er hätte besser Not gewählt, aber wie zum Teufel hätte er das ahnen sollen?
Und damals hatte er gedacht, hatten alle gedacht: Noch einmal diesen Weg. Ein letztes Mal, das Schlechte im Guten. Dann wird es besser, es muss, es kann ja nicht immer so weitergehen; wir müssen ja auch ein bisschen an uns, die Kinder, unsere Enkel ...!
Und jetzt stand sie vor ihm, mit ihren ... Vorwürfen! Schon klar, gut war anders, aber wenn es kein gut gibt? Es hatte nur schlecht und ganz schlecht gegeben.

Not hätte er wählen sollen.

– Na ja, irgendwer muss sie ja gewählt haben.

– Es war ja überhaupt nicht klar, was das heißt. Die Engländer waren gerade erst raus aus Europa und dann die Türken ... na ja, du weißt schon, ... und dann die Terror-Attacken. Jeden Tag Terror. Selbstmordattentäter, Machetenangriffe ...

– Die Menschen hatten Angst vor einem Machetenangriff? Oh mein Gott, gab's Verletzte?

Sie war gerade mal zehn. Zehn Jahre und ein Herz aus Sarkasmus.

– Ja, ich weiß, wie das jetzt klingt.

– Also, die Menschen hatten Angst vor Messerattacken und deswegen ...

– Nein, nicht deswegen.

– Weswegen dann?

– Das kam ...

Er suchte nach Worten. Fand keine, jedenfalls keine guten.

– ... das kam alles auf einmal. Eben noch normales Leben und dann – bumms. Alles anders. Alles auf dem Kopf.

– Aber ihr hattet doch eine Wohnung? In Berlin?

– Ja.

– Und Mama ging auf's Gy...

– Gymnasium.

– Gymnasium, genau. Und manchmal, da seid ihr sogar verreist.

– Ja.

– Ohne Checkpoints und ohne Soldaten und so.

– Ja.

Sie hatte mit allem Recht. Es war die Hölle. Und sie war ein Teil davon.

Die Frage hatte sich keinen Zentimeter bewegt, stand immer noch im Raum.

»Was machen wir, wenn unsere Enkel uns eines Tages fragen, was *wir* damals gemacht haben?« Hatte er sogar gepostet, damals, als es noch Twitter gab. Viele Likes. Und Re-Tweets.

Re-Tweets, wiederholte sein teigiger Kopf. Und er glaubte zu schmunzeln. War aber nur Einbildung.

– Und dann hattet ihr also Angst, auf einmal?

– Ein bisschen. Ja.

– Aber vorhin hattest du doch gesagt, ihr hattet keine Angst?

Die ersten Umsiedlungen waren kurz nach der Wahl gekommen. Grenzen gab es nicht mehr. Welch Ironie. Selbst mit Maschinengewehren konnten sie niemanden zurückhalten. Sie versuchten es trotzdem. Alle gegenseitig, irgendwie.

Und ihm war klar geworden: Jetzt sind sie da. Die Guten, die Bösen, die Holzköpfe, die Nachbarn, die Freunde. Sie kommen alle zu ihm.

Und sie kommen nicht in Frieden. Sie wollen ihren Teil Leben. Von ihm.

– Also?

Gedankenteig.

Jo Schück, Baujahr 1980, ist Journalist, Autor und seit 2014 Moderator des ZDF-Kulturmagazins »aspekte«. Seit 2011 präsentiert er zudem die Musiksendung »zdf@bauhaus«. Vor seiner TV-Karriere war er Radiomoderator, u. a. bei FRITZ vom RBB. Studium der Publizistik, Philosophie und BWL in Mainz und Sydney. Grimmepreisnominierung für »Der Marker« (ZDF, 2012). Als Autor von Dokumentationen ausgezeichnet u. a. mit CNN-Journalist-Award und Ernst-Schneider-Preis. »Opa« ist seine erste literarische Veröffentlichung.

Hannah Lühmann

Daily Piece of Automatic Writing

Ich habe erst letztens festgestellt, dass Erwachsenwerden bedeutet, die Eigen- und die Fremdanteile auseinanderzusortieren, wie Erbsen. Vielleicht bedeutet es das auch nur für mich, weil ich von jeher ein riesengroßes Problem damit hatte, mich selbst und andere auseinanderzuhalten. Sie finden, das klingt affektiert, sie sagen: nenn doch mal ein Beispiel. Ich kann kein Beispiel dafür nennen. Man kann nie Beispiele für irgendetwas nennen. Für Beispiele ist es immer zu früh oder zu spät.

»Das beste wäre, die Ereignisse Tag für Tag aufzuschreiben. Ein Tagebuch zu führen, um klar zu sehen. Sich nicht die Nuancen, die Kleinigkeiten entgehen zu lassen, auch wenn sie nach nichts aussehen, und sie vor allem einzuordnen. Man muss sagen, wie ich diesen Tisch, die Straße, die Leute, mein Tabakspäckchen sehe, denn gerade das hat sich verändert. Man muss den Umfang und die Art dieser Veränderung genau bestimmen.«

Das sind die ersten Sätze aus »Der Ekel« von Jean-Paul Sartre. Jean-Paul Sartre hatte mit 27 auch noch nicht sehr viel zustande gebracht. Ich bin allerdings schon 29. Ich bin, um schreiben zu können, in eine Hütte gefahren, sie gehört der Schwester meines Freundes Hanno. Ich fahre sehr gerne zum Schreiben in Hütten, wann immer sich die Gelegenheit ergibt. Im Grunde glaube ich an die absolute Wirkmächtigkeit archaischer Grundsituationen und anachronistischer Schreibtechniken. Weil ich für das Schreibprojekt, an dem ich eigentlich schreiben muss, nichts zustande bringe, beschließe ich, alles zu dokumentieren, mit Klarnamen, die Träume, die Gespräche, die Angst. Das Reale kursiv, die Träume nicht.

Ohrwurm: »Please could you stop the noise? / I'm trying to get some rest / from all the unborn chicken voices in my head.«

Die Hütte als Grundsituation hat Michi es kürzlich genannt. Ich habe ihn eingeladen, herzukommen, zu uns, in die Hütte. Er hat gesagt, nein, es sei ihm eher nach Stadt. Er habe ja die Hütte als Grundsituation, bei sich zu Hause in der Schweiz. Ich vermisse ihn immer.

Also ohne Michi, zu zweit, mit Hanno. Auf der Hinfahrt, acht Stunden, sterben wir fast, weil ich rüberziehe, ohne zu schauen.

13. April

Morgens, in der Dusche, muss ich die Spinnen in den Ausguss spülen; bevor sie sterben, ballen sie sich zu kleinen Knäueln zusammen, ziehen die Beine ganz eng an den Körper. Wenn der Ausguss verstopft ist, dauert es manchmal, bis es mir gelingt, sie mit dem Strahl hinabzudrücken. Dann sammelt sich das Wasser im Ausguss über ihnen und sie erholen sich wieder, spannen die Beine auf und während noch Wasser über ihnen ist, denkt man: sie warten, dass es zurückgeht.

Sie stehen trotzig im Nassen wie ein Hund, man könnte sich vorstellen, dass sie hecheln. Aber wenn ich schon einmal so weit gekommen bin, warte ich, bis das Wasser durch den etwas verstopften Abguss hinuntergesunken ist und nur noch das Aluminium der Ausguss-Speichen die Spinne von dem Abgrund trennt. Dann halte ich den Duschkopf noch einmal über den Ausguss.

14. April

Hanno holt Holz. Um einzuheizen, muss man die Scheite in einem Filzkorb aus dem kalten Vorraum hinein in das hintere, kleinere der beiden Wohnzimmer tragen. Dort lagert man das Holz, bis es aufgebraucht ist und Nachschub geholt werden muss. Man schiebt einige Scheite hinein in den Ofen, wo manchmal noch Asche vom Vortag ist. Man nimmt einen Anzünder, der aussieht wie arabische Süßigkeiten, viele kleine beigefarbene Fäden, geformt zu einer Art Pellet: Knafeh. Man nimmt das lange Feuerzeug, bei dem man zwei Knöpfe gleichzeitig betätigen muss, damit vorne die Flamme hinaustritt. Man zündet den Anzünder an und wartet, bis das Feuer die Scheite erfasst. Man schließt den Ofen.

Alles aufschreiben, auch die Träume, mit Klarnamen.

Hanno ruft aus der Küche: »Krieg ich Männlichkeitspunkte?« Er meint: weil er den Ofen angekriegt hat.

15. April

In einem großen Raum, der nicht unser Klassenraum ist, bereiten wir Mädchen uns auf den Unterricht vor. Mir gelingt es nicht, den Lidstrich aufzutragen, bis ich am Ende einen halbherzigen und nach den Enden hin verwischten Balken über beiden Augen habe. Ich bin sauer, frustriert, übernächtigt. Ich betrete die Klasse, finde zunächst keinen Platz. Eines von den Mädchen hat mir gesagt, es würde mir einen Platz frei halten; es gibt zwei freie Plätze. Auf mindestens einem liegen aber schon die Schulsachen von jemand anderem und keines der Mädchen gibt mir zu erkennen, dass ich bei ihr willkommen bin, dass sie auf mich gewartet hat. Der Lehrer ist der Mann, mit dem ich die letzten eineinhalb Jahre geschlafen habe.

Es ist schon drei Minuten nach acht, das hatte ich auf der Uhr gesehen, ich bin sonst nicht unpünktlich und heute war wichtig, heute wollte ich pünktlich sein. Ich bin gereizt und blass. Ich nehme schließlich auf einem der Plätze ziemlich weit vorne links Platz. Er, Thomas, spricht zur Klasse und nimmt mich sehr stark wahr, blickt aber über mich hinweg oder wenn er mich anguckt, dann nur in den Momenten, in denen ich ihn gerade nicht ansehe.

Etwas an meinem Zustand verschafft mir Genugtuung. Dass er mich so roh und so blass und missgelaunt sieht. Ich kann ja auch anders aussehen.

Itamar kommt dann am Montag, sagt Hanno. Das hat er mir vorher nicht gesagt. Itamar ist sein Freund aus Israel. Ich bin gut darin, zu dritt zu sein.

16. April

Kurz vor Weihnachten. Für Obdachlose und Menschen, die sehr alleine sind, haben sie einen Festsaal in einer Turnhalle eingerichtet. Ich will hinein, um die Toilette zu benutzen. Man teilt mir mit, das koste einen Euro. Die Sicherheitskontrollen am Eingang sind streng. Zuerst wird mein Rucksack nur halbherzig untersucht, dann jedoch scheint der eine Sicherheitsmann etwas gefunden zu haben; er wird selbst etwas nervös, wie man es von Sicherheitsmännern in Israel manchmal kennt, irgendwo zwischen Ärger und Angst. Schließlich findet er es: ein riesiges schwarzes phallisches Teil. Ich bin selbst zunächst völlig perplex was das ist, dann fällt es mir ein: das Mikrophon von Sarahs Stiefvater, ich muss es aus Versehen mitgenommen haben, als ich letztens bei ihnen zu einer Vorweihnachtsfeier eingeladen war. Ein schöner Mist, denn jetzt muss ich noch mal dorthin zurück.

Wir hätten mehr Nudeln kaufen sollen, sage ich.

Michi fragt mich, ob die Zeit, bis wir uns sehen, im Flug vergehen wird. Ich schreibe ihm, ja, Michi, das wird sie. Ich schicke Michi ein Gedicht.

Es geht so:

Und die Tage sind nicht lang genug / und die Nächte sind nicht lang genug / und das Leben rennt wie eine Feldmaus / nicht mal das Gras zittert

Ezra Pound ist mein Lieblingsfaschist, sage ich zu Itamar.

Im Supermarkt. Gerade noch an der Kasse, bemerke ich, dass sich im Vorraum, da wo die Einkaufswagen stehen, eine Frau nähert, die sich wirklich merkwürdig bewegt. Ich habe Angst und spüre, dass die Kassiererin auch Angst hat, aber ich will nichts sagen.

Seit Itamar da ist, gucken wir abends Filme. Wenn unsere Beine sich berühren, rückt einer von uns weg, aber immer ein bisschen zu spät.

17. April

Die Katze ist defekt. Das ist der Satz, den ich nach dem Aufwachen denke.

Alle Pathosformeln affirmieren, sage ich zu Itamar. Psychoanalyse, automatisches Schreiben, Autobiografie. Es ist leicht, ihn zu beeindrucken oder vielleicht ist er auch einfach nur höflich.

18. April 2016

Mir wird ein Dokument für besondere Verdienste um das israelische Volk verliehen. Ich freue mich, weil ich gar nicht wusste, dass es so etwas gibt und frage, ob ich dann eventuell auch einen Pass bekomme. Der Beamte sagt, ja, ich müsse nur mit dem Dokument zur Botschaft gehen, ich bekomme dann so eine Art Pass, aber der sei zur Hälfte aus Plastik. Ich bin etwas enttäuscht, aber freue mich auch weiterhin, weil ich hoffe, dass ich mich jetzt am Ben-Gurion-Flughafen in die Schlange für Bürger mit israelischem Pass stellen kann, auch wenn mein Pass kein richtiger Pass ist.

Heute ist Weltgesundheitstag mit Schwerpunkt Diabetes. In der Tagesschau spricht ein junger Mann darüber. Der junge Mann ist blass, trägt eine große Brille und sieht aus wie ein Avatar. »Oh, stop talking, you!«, sagt Hanno und macht dazu eine Handbewegung, als wollte er den Typen aus dem Fernseher zu uns an den Wohnzimmertisch ziehen. Wir haben einfach nicht den gleichen Geschmack, denke ich.

19. April 2016

Schwanger, wahrscheinlich von Thomas.

Ich bin der Ehemann einer Frau, die sich mir gegenüber sehr aufopferungsvoll verhält. Wir sind hinaus in die Natur gefahren, es ist eine andere Frau dabei, es besteht die Möglichkeit/das Gerücht, dass ich etwas mit ihr, der anderen Frau, habe. Wir machen eine Art Ausflug und liegen in den Dünen. Die andere Frau geht nach Hause. Meine Frau ist gerade am Kiosk, etwas zu essen kaufen. Insgesamt Freibad-Atmosphäre. Ausgerechnet in dem Moment, in dem meine Ehefrau vorübergehend weg und die andere Frau gerade gegangen ist, fällt mir DIE Inspiration meines Lebens ein. Ich bin Künstler. Mir ist klar, dass ich die Inspiration jetzt aufzeichnen muss. Ich eile los, schaffe es nicht mehr, meiner Frau Bescheid zu sagen. Ich überquere die Straße.

Ich renne, der Bus will gleich losfahren, ich sehe, dass noch einige Leute in der Schlange stehen – ich stelle mich an, aber dabei werde ich ungeduldig und außerdem realisiere ich, dass es meiner Frau gegenüber sehr unfair ist, einfach zu verschwinden und dann auch noch so, dass sie denken muss, ihre Freundin und ich hätten es so arrangiert, dass wir zufällig beide dringend hätten gehen müssen. Ich verlasse die Schlange und mache mich zurück auf den Weg in die Dünen.

umbringen, sagt er. Die Vorsilbe »lehit« zeige immer Wechselseitigkeit an. Lehitabed heiße wörtlich »sich verlieren«. Das Deutsch von Itamar ist so gut.

20. April

Ich bin in einer Zoohandlung; ich nehme mir aus einem der Käfige ein Tier heraus, das ich für ein Meerschwein/ einen Hasen halte. Es ist sehr lebhaft, sandbraun, anschmiegsam. Zunächst, als es noch im Käfig ist, fängt es an, sich unter meiner Berührung im Kreis zu drehen, damit es so viel von ihr abbekommt wie möglich. Dann nehme ich es heraus und es ist sehr verspielt, schließlich beißt es mich leicht in die Hand und ich sage: »Du, Sophia, ich glaube, das ist eine Art Hund oder so.«

Ich würde den Fuchs immer noch gerne mit nach Hause nehmen, obwohl er ein Fuchs ist. Der Fuchs stellt sich als eine Art Gentleman heraus; also er ist eigentlich ein Mann, aber nicht auf eine gruselige, verwandlungsmäßige Art und Weise, sondern so, wie Füchse in Disney-Filmen Männer oder Frauen sein können. Er ist sehr charmant, einnehmend, ein bisschen verlegen.

Er flirtet mit mir. Er sagt, er würde wirklich gerne mit mir kommen, verstehe aber auch, dass das nicht gehe. Er erkundigt sich interessiert, wie das eigentlich sei in der Wahrnehmung der Menschen, ob sie die Tiere als sprechend verstünden oder nicht. Ich erkläre ihm etwas und merke beim Erklären, dass ich nur so tue, als ob ich es wüsste. Ich erkläre ihm, dass die wenigsten Menschen mitkriegen würden, dass die Tiere sprechen können, und wenn doch, dann würden sie diese dezidiert als »sprechende Tiere« kennzeichnen. Dass sie das in Fabeln verlagern würden und so. Dabei wird mir klar, dass ich nicht wusste, dass natürlich alle Tiere sprechen können. Ich bin etwas verlegen.

Der Fuchs hilft mir mit dem Impfbesteck gegen Tollwut, das der Pfleger bringt, nur für den Fall.

Der Fuchs kann nicht bei mir bleiben. Wir verabreden uns für einen anderen Zeitpunkt. Er lädt mich zu sich nach Prenzlauer Berg ein. Ich sehe eine Szene, wie er im Käfig lebt, aus der sich für mich anhand dessen, wie seine neuen Besitzer mit ihm umgehen, erschließt, dass meine Auskunft über das Wissen der Menschen über die Tiere völlig falsch war.

Ich schreibe Thomas ein Gedicht, es geht so: #geträumt

Sommer. Ich habe meine Geige dabei, ohne Kasten, es fühlt sich aber nicht sehr gefährlich an, sondern eher cool, rebellisch. Ich trage sie auf dem Lenker, ich weiß: Ich habe so ein gutes Gefühl für sie, ihr kann nichts passieren. Als ich irgendwann denke, dass ich vielleicht doch zu schnell fahre, kann ich sie in einem Schlenker zu mir heranziehen und schützen. Ich bin so verwachsen mit ihr, dass ich weiß, wie ich das alles machen muss.

Ich will in ein Geschäft, wo man Noten kaufen kann; ich denke, dass ich endlich all das in Anlauf nehmen will, das ich mir schon seit Jahren vornehme, nämlich diesen versunkenen Schatz meines gefühlt nicht vorhandenen musikalischen Wissens heben: systematische Musikweltaneignung mithilfe leichter und mittelschwerer Geigenstücke, die Spaß machen. Endlich sie alle kennenlernen, Mozart, Bach etc.

Manchmal vermisse ich ihn so sehr, dass ich nicht weiß, ob es geht.

Sonntag, 10. April

Itamar ist jetzt seit sieben Tagen hier. Heute morgen habe ich zweieinhalb Stunden lang den Snooze weiter geschaltet. Ständige, aggressive Angst, jemand könnte sauer auf mich sein.

Montag, 11. April

An der Supermarktkasse; ich habe allerlei Sachen aufgetürmt. Da bekomme ich einen Anruf von Anna. Ich hatte davor einige Drinks genommen und war stolz, dass es nicht mehr werden würden, aber aus irgendeinem Grund stellen wir fest, dass es supergut passen würde, wenn Anna kurz vor ihrem Abflug noch vorbeikommt, sie sagt, sie bringt Wodka mit, ich sehe vor meinem inneren Auge eine kalte Flasche Gorbatschow. Es sind schwere Zeiten, vielleicht Krieg, Anna muss irgendwo hinfliegen, wo es nicht ganz ungefährlich ist oder jedenfalls ist der Grund, aus dem sie fliegen muss, sehr unerfreulich. Vielleicht Russland.

Sophia kriegt einen Nervenzusammenbruch.

Ich hab mir jetzt einfach mal ein Bahnticket für Mittwoch gebucht, sagt Hanno.

Wir sitzen im Garten zwischen den Stämmen sehr hoher Bäume; meine Großmutter (die nicht aussieht wie eine meiner Großmütter, aber im Traum ist sie eben meine Großmutter, es fühlt sich alles normal und richtig an) kommt hinzu, es ist kein Platz mehr frei, aber aus irgendwelchen Gründen denke ich, dass es auch ganz gut ist, dass sie sich erstmal auf meinen Schoß setzt, wir sind besorgt und wollen irgendetwas testen.

Es sind schwere Zeiten, Krieg vielleicht. Meine Großmutter ist eine schlanke Frau, sie setzt sich auf meinen Schoß, dann kommt jemand hinzu, meine Mutter vielleicht, ein Stuhl wird frei und meine Großmutter setzt sich auf den freien Stuhl. Der Stuhl war zu meiner Rechten frei geworden, aber trotzdem ist es jetzt so, dass sie zu meiner Linken sitzt.

Wir reden ein bisschen und im Gespräch werden langsam meine schlimmsten Befürchtungen wahr: Sie ist dement. Sie sagt, sie werde jetzt bald anfangen, zu studieren, sie werde dafür nach Leipzig gehen. Meine Mutter und ich spielen das Spiel mit, aber ich fühle mich schlecht dabei, fast sadistisch, als würde ich es aus Spaß machen, weil ich noch nicht einmal versucht habe, irritiert zu reagieren und sie in ihrer Verwirrtheit zu korrigieren, da ich ihre Verwirrtheit schon als so selbstverständlich angenommen habe.

Meine Großmutter zeigt auf die hohen Stämme der uns umgebenden Bäume; sie sind alle von jenem pergamentenen Braun, das nur die Stämme der Bäume im Garten meiner Eltern haben, dazu sehr dunkles Grün, sehr weit oben.

Es sind etliche, die unseren Sitzplatz umstehen, fichtenartig, wie hoch aufschießende Pilze, das Grün ihrer Nadeln/Thuja-ähnlichen Blätter ist sehr weit oben, die Rinde weich wie sehr dünnes, abgegriffenes Papier, das man zum Basteln verwendet. Es gibt so eine Art Papier, das sich so anfühlt wie das, was ich meine.

Meine Großmutter zeigt auf einen der Bäume und bewundert, wie stark dieser Stamm ist. Ich versuche, ihrem Finger zu folgen und frage: »Er?« Nein, nicht der. Ich verstehe nicht ganz, welchen sie meint. Es gibt eine Unschärfe. Ich sehe einen schlanken hohen Stamm, dann einen verwachsenen, ebenfalls hohen Zwillingsstamm. Auf einmal kommt es mir vor, als sei sie dynamischer, klarer im Kopf als ich. Ich fange furchtbar an zu weinen und wache auf.

Itamar sagt, ich dachte, es werden zwanzig Grad heute. Hanno sagt: Es sind zwanzig Grad.

Hannah Lühmann, *geboren 1987 in Berlin, lebt in Berlin. Bachelor-Studium der Philosophie, der Kulturwissenschaften und der Englischen Sprache an der Humboldt-Universität zu Berlin und an der Université Paris 1 Panthéon-Sorbonne, danach Master-Studiengang »Kulturjournalismus« an der Berliner Universität der Künste. Ab 2011 war sie zunächst als freie Journalistin für diverse Zeitungen und Magazine tätig, vor allem für die »Frankfurter Allgemeine Zeitung«. Seit 2014 ist sie festangestellte Redakteurin im Kulturteil der »Welt am Sonntag«. Demnächst erscheint ihr Debüt »Wo ist die Welt? Warum wir nichts mehr wissen«, ein autobiografisches Memoir-Sachbuch zum Thema (Nicht-)Wissen bei Ullstein.*

Selim Özdoğan

Keine Macht der Integration

Integration, gelungene Integration, allein die Vorstellung ist schrecklich. Vermieter würden nicht mehr auflegen, wenn du am Telefon einen Namen mit Üs und Ös sagst, die Polizisten würden dich nicht anhalten, um deinen Ausweis zu kontrollieren, ihr Ton würde sich nicht ändern, nachdem sie bei der Verkehrskontrolle deinen Namen gesehen haben. Du würdest nicht sofort überall als gefährlich gelten, als Drogendealer. Du würdest keine Komplimente mehr für deine Sprachkenntnisse bekommen und nicht mehr gefragt werden, wo du denn herkommst.

Es würde niemand mehr Kopftuch tragen oder Gebetskappe, es würde niemand mehr etwas anderes reden auf den Straßen und Schulhöfen außer Deutsch und Hessisch und Bayerisch und Sächsisch und Fränkisch und Platt und Sorbisch. Nach der Integration wären alle deutsch und stolz darauf, auch die Schwarzköpfe mit der olivfarbenen Haut.

Nein, nein. Wir wollen uns nicht integrieren, wir wollen ihn behalten, unseren Migrationshintergrund, unseren Migrationsvordergrund, unseren Mimimi (Mitmenschen mit Migrationshintergrund) und all die Fragen. Wir wollen uns nicht integrieren, da haben diese Nazis recht. Das mit der Integration ist ein Betrug, den wir längst durchschaut haben.

Wenn wir integriert wären, dann wären wir arbeitslos. Integration ist unser Gras, und wir lassen uns das Dealen nicht verbieten. Und erst recht nicht legalisieren. Wenn wir integriert wären ... diese ganzen Comedians, deren Witze nur darauf beruhen, dass es kulturelle Unterschiede gibt, hätten mit einem Schlag keine Auftritte mehr, und ganz Deutschland hätte weniger, worüber es lachen kann. Die ganzen Frauen, die putzen gehen, die polnischen und türkischen und serbischen, wenn die integriert wären, würden sie kein Geld mehr verdienen und ganz Deutschland würde nicht nur weniger lachen, sondern auch dreckiger werden. Und die Integrationsbeauftragte. Und die von den Nachrichtenmagazinen, die immer Kopftuchfrauen auf das Cover nehmen oder Halbmonde.

Wir wollen uns nicht integrieren, das ist richtig, aber es geht dabei nicht nur um uns, die Integration ist eine Katastrophe für alle. Nicht nur die ganzen Verbände, die Brückenbauer, die sich für ein interkulturelles Verständnis einsetzen, die Kulturvereine und die gesamte Belegschaft von Funkhaus Europa hätten mit einem Mal nichts mehr zu tun. Aber auch Sarrazin, Buschkowsky, Alice Schwarzer hätten ein Problem, worüber sollen die sich definieren, wenn wir alle integriert sind, denen würden wir auch den Job wegnehmen. Alice Schwarzer passt vielleicht nicht in diese Reihe. Die gehört ja eher zu den Comedians. Sie hat geschrieben: »Wo also bleibt die Empörung der politischen Klasse über die Forcierung von Parallelgesellschaften mitten in Deutschland oder die Frau im Tschador mit dem verschleierten Mädchen im deutschen Baumarkt? Auch dagegen müsste demonstriert werden.«

Wir müssen uns empören. Im Baumarkt. Wenn wir eine Frau im Tschador sehen, die dort eine Bohrmaschine kauft. Was hat sie damit vor. Will sie sich etwa integrieren, indem sie zu Hause Löcher bohrt, um eine Kuckucksuhr aufzuhängen? Im Baumarkt. Ich bitte Sie, stellen Sie sich vor, wie es nach der Integration im Baumarkt aussähe: Nur noch säkularisierte Christen, keine unterdrückten Frauen im Kopftuch mehr. Und Alice Schwarzer müsste nach neuen Feindbildern suchen.

Integration hört sich vielleicht schön an, aber sie würde schaden, allen. Ganze Industrien bauen darauf auf, dass es Unterschiede gibt. Wenn wir erst mal alle integriert sind, was wird dann aus den Türkenläden, den Asiashops, den Shishabars? Mit dem italienischen Eiscafé? Mit der Pizzeria? Dönerimbiss? Wenn man in ein chinesisches Restaurant geht und der Kellner spricht perfekt Deutsch und hat nicht mal mehr Schlitzaugen, fühlt man sich dann nicht um eine authentische Erfahrung betrogen? Auch kein prego, kein grazie, kein signora, buenasera und per favore, keine dolce vita.

Integration muss verhindert werden, um jeden Preis. Deshalb müssen wir sie kriminalisieren. Es sollte ein Gesetz geben, das es Polizisten ausdrücklich erlaubt, Menschen aufgrund ihrer Hautfarbe und Erscheinung zu kontrollieren. Es sollten gesetzlich in jeder Stadt Viertel festgelegt werden, in denen man mit ausländischem Namen keine Wohnung bekommt. Arbeitgeber sollten verpflichtet werden, bei gleicher Qualifikation den Bewerber mit dem deutschen Namen und Aussehen zu bevorzugen. Wir brauchen ein Gesetz, dass Beamte mit Menschen mit Migrationshintergrund ein gebrochenes oder zumindest vereinfachtes Deutsch sprechen müssen. Kinder aus anderen Kulturen sollten nach der Grundschule nur in absoluten Ausnahmefällen Gymnasialempfehlungen bekommen.

Wenn jemand mit Migrationsvordergrund fehlerfrei Deutsch spricht, sowohl im Dialekt als auch auf Hochdeutsch, sollte das eine Ordnungswidrigkeit sein, so ähnlich wie Falschparken. Wenn er zum Christentum konvertiert und anfängt, Schweinefleisch zu essen, sollte er Hausverbot in Kirchen bekommen, und es sollte Ausweiskontrollen bei Bibelverkäufen geben, damit nicht jeder sich eine zulegen kann.

Aber es sollte natürlich nicht nur Verbote geben, es sollten auch positive Anreize geschaffen werden, sich nicht zu integrieren. Einem Ausländer etwa, der immer pünktlich ist, sollte man anbieten, seine Aufenthaltsdauer in Deutschland um seine Verspätungen zu verlängern, damit er motiviert ist, es nicht so genau zu nehmen. Es sollte eine Auszeichnung für die Mitgliedschaft in einer Parallelgesellschaft geben, eine kleine Prämie verbunden mit der Abbildung auf Plakaten, die in U-Bahnstationen ausgehängt werden. »Kriminellster Ausländer des Jahres« sollte eine begehrte Auszeichnung sein, die mit Abschiebung und völliger Heimatlosigkeit belohnt wird. Es sollte überall bekannt gemacht werden, dass 100 Prozent aller straffälligen Ausländer kriminell sind. Besonders faule Sozialschmarotzer sollten eine staatlich gesicherte Dönerflat bekommen und sich dick fressen dürfen.

Wir wollen uns nicht integrieren, wir wollen Gesetze, die Integration effektiv verhindern. Wir fordern, dass Integration verboten wird, da sie das Allgemeinwohl, Arbeitsplätze und Adrenalinausschüttungen gefährdet. Der Gesetzgeber sollte beim geringsten Anzeichen von Integration Ausgrenzungsmaßnahmen zur Hand haben. Zum Beispiel sollten Schüler dazu angehalten werden, sich auf dem Schulhof nur noch in ihrer Landessprache zu unterhalten. Wer Deutsch spricht, dem droht ein Verweis. Man muss das Übel an der Wurzel packen, an der Sprache. Jeder, der besser Deutsch spricht als die Sprache seiner Vorfahren, sollte bestraft werden, indem er auf der Arbeit, in der Schule, in der Öffentlichkeit, im Kulturleben oder wo er sich sonst aufhält, stärker ausgegrenzt wird. Man sollte keine Gelegenheit auslassen, auf seine Herkunft hinzuweisen.

Ein Gespenst geht um in Europa, das Gespenst der Integration. Tun wir unser Bestens, um es zu vertreiben.

Selim Özdogan, *Jahrgang 1971, veröffentlicht Bücher, Artikel und Erzählungen seit 1995. Sein Debüt trug den Titel »Es ist so einsam im Sattel, seit das Pferd tot ist«. Sein aktueller Roman »Wieso Heimat, ich wohne zur Miete« erschien 2016. Er veröffentlicht Liveaufnahmen und führt einen Audioblog. Im Herbst 2016 ist er Writer in Residence an der Universität in Michigan, USA.*

Katharina Höftmann

Schma' Israel

Schma' Israel.
Adonai elohenu.
Adonai echad.

Am Ende, wenn du die Rabbinerprüfung, drei über dichte Bärte und hinter dicken Brillengläsern kritisch blickende Augenpaare, zehn hektisch tippende Finger der Sekretärin, jedes Wort, jede Antwort, jeden kleinen Fehler, überstanden, bestanden hast, hältst du dir die Augen zu und sagst das Schma'. Höre Israel. Es sind die Worte, die dich zum Juden machen.

Wirst du die gesamten 613 Gebote und Verbote einhalten?
Schma' Israel!
Dein Leben nach jüdischen Regeln, nach den Halachischen Gesetzen leben?
Schma' Israel!
Unter deinem neuen Namen ein jüdisches Leben führen, eine jüdische Familie gründen?
Schma' Israel!

Manchmal glaubt sie zu wissen, wie sich das anfühlen wird, wenn sie es endlich geschafft hat. Das Schma', auch den Teil, den man nicht laut sagen darf, hat sie schon lange auswendig gelernt. Wenn es soweit wäre, würde sie den Rücken leicht durchdrücken, melodramatisch die Hände vor die Augen schlagen und dann die gelernten Worte aufsagen. Sie preisgeben, liebevoll geradezu, als wären es kleine Goldstücke, die ihr aus dem Mund kullern. Höre, Israel, der Herr ist unser Gott, der Herr ist einzig.

Früher hat sie im Urlaub am Kinderpool den anderen erzählt, sie sei Jüdin. Aber das Schma' Israel, vor drei Rabbinern, sechs Augen, und einer Sekretärin mit zehn Fingern, sie hat es nie gesprochen.

Mein Leben lang war ich Jüdin, zumindest fühlte ich mich so. Denn nur mein Vater ist Jude und meine Mutter nicht. Man sollte es »Leuten wie mir« leichter machen, sagte Frau Rosenzweig in der Gemeinde und meinte es gut. Ich sei doch im Rahmen des jüdischen Glaubens aufgewachsen. »Sie ist halachisch keine Jüdin«, sagte der Rabbiner streng und tat so, als stünde ich nicht daneben. Als sei ich unsichtbar, ohne diesen Stempel, den richtigen Stempel.

Und irgendwie war es ihr immer egal. Dann traf sie Mosche. Einen kleinen deprimierten Mann mit schwarzem dichtem Bartwuchs, toten Augen und Brusthaar, das aus seinem Hemd herausquoll, als sei er Schimschon persönlich. Brusthaar, das sich partout nicht zähmen ließ, wie ein wildes Tier, das dort unter den gestreiften Ralph-Lauren-Hemden lauerte, und dann, zu ihrer Überraschung, im Bett herauskam (sie hätte ihn auch so gemocht). Voller Begehren, stark und heiß.

Doch wenn sie erschöpft aufeinander lagen, die Säfte noch frisch zwischen den Beinen, verwandelte sich Mosche zurück vom Löwen in eine Maus. Und weinte, aus Schuldgefühlen seiner Mutter gegenüber.

Eine Schickse. Eine Goia. Moischele. Wie kannst du mir das nur antun?

Sie sagt ihm, dass sie immer in dem Glauben aufgewachsen ist, Jüdin zu sein; ihre Eltern es aber als ein Geheimnis wahrten. »Sag niemandem, dass du Jüdin bist«, das waren doch die Worte der Familie ihres Vaters.

Bist du aber nicht, sagt Moischele. Die Mutter gibt bei uns die Religion weiter, das weißt du doch.

Dann trete ich eben über.

Schallendes Lachen.

Wie schwer kann das schon sein.

Fünf Jahre später

Sie geht jetzt regelmäßig in die Synagoge. Jom schischi, Freitag, mit Sonnenuntergang. Dann, wenn die ersten drei Sterne am Himmel leuchten und im Judentum der neue Tag beginnt. Zum Schacharit, dem Morgengebet. Terminologien, die sie gelernt hat wie andere Englisch-Vokabeln. Manchmal sieht sie dort Mosche. Er wollte nicht mehr warten und hat Deborah Feldenkreis geheiratet. Die mit den schmalen Lippen und den knotigen Knien.

Besuchen tut er sie aber immer noch. »Meine geliebte Schickse. Zwischen deinen Beinen liege ich am liebsten.« Der Rabbiner hat sie drei Mal weggeschickt. Du meinst das nicht ernst. Du weißt nicht, was das bedeutet. Warum willst du Jüdin sein? 613 Ge- und Verbote, das tut sich doch niemand freiwillig an. Dein Vater war kein frommer Mann. Manchmal hat sie geschrien. Gedämpft in ihr Kissen, wenn Moischele mal wieder weinend hinter ihr kniete. Scheiß doch auf die Religion.

»Bin ich ein schlechterer Mensch, nur weil ich offiziell nicht eurem Club angehöre? Bin ich nicht ich? Warum tust du mir das an? Wenn du mich wirklich lieben würdest ...«
»Es geht nicht um dich. Ich mag dich, wie du bist. Aber die Kinder ...«
»... müssen Juden sein.«
»Meine Großeltern sind im Holocaust ...«
»Meine auch!«
»Die eine Seite. Und die andere hat's gemacht!«

Der Rabbiner, ehrwürdig, weißer, langer Bart, gütige Augen, sagt, dass man erst dann zufrieden sein kann, wenn auch die Enkelkinder jüdisch sind. Wertesystem des verfolgten Volks. Wer soll sich an all die 613 Ge- und Verbote erinnern, wenn sich alles vermischt? Tausende von Jahren, durch alle Verbrechen und Pogrome. Der Auszug aus Ägypten, die Diaspora, der jüdische Staat – und immer die gleichen 613 Ge- und Verbote. Dagegen bist du ein kleines Licht.

Sie kocht die Töpfe ab. Verbrennt sich die Finger an dem kochenden Wasser. Und heult und schreit. Warum tut ihr mir das an?

Ihr Vater versteht sie nicht mehr. Er lebt jetzt in einem Kibbuz. Gott hat für ihn keine Bedeutung. Dann hätte er ihn auch gleich für sich behalten können, diesen Gott. Aber nein, wegen ihm glaubt sie ja irgendwie doch, dass es ihn gibt.

Emuna.

»Ich glaube, dass G'tt einmalig, unendlich und ewig ist.«
»Ich glaube an die Propheten.«
»Ich glaube, dass G'tt Moses und seinem Volk die Tora gegeben hat.«
»Ich glaube, dass Moses einzigartig ist.«
»Ich glaube, dass G'tt alles weiß und überall ist.«
»Ich glaube an das Jenseits, an Belohnung und Strafe.«
»Ich glaube daran, dass der Messias kommen wird.«

Der Rabbiner glaubt, dass sie noch nicht bereit ist.

Sie wartet weiter. Und betet. Zündet die Schabbatkerzen an. Lehadlik Ner Shel Schabbat. Sie lernt sogar Hebräisch. Und wartet. Und weicht das Fleisch in Wasser ein. Und legt es in Salz. Bis das Blut entweicht, bis auch der letzte Tropfen Blut entweicht.

Moischele sitzt eines Tages wimmernd in ihrer Küche. Das kleine neurotische Gesicht in seine Hände vergraben. Deborah ist schwanger. Wer hätte gedacht, dass seine müden Spermien zu so etwas fähig sind, denkt sie gehässig und liebt ihn danach noch viel mehr.

Nachts träumt sie von der Mikwe, dem Ritualbad. Wie sie dort in dem reinigenden Wasser endlich untertaucht. Mit dem ganzen Körper. Nicht einmal die Nase darf man sich zuhalten, damit das Wasser überall hingelangt. An jeden Millimeter ihres Körpers. Und dann entsteigt man dem Nassen und ist ein neuer Mensch. Sie träumt vom Ziel der Reise.

Bald ist es soweit, raunt der Rabbiner ihr zu. Und sie möchte weinen vor Glück. Du führst dein Leben als fromme Frau. Sie kann Mosches Bart noch zwischen ihren Beinen spüren und beginnt zu weinen. Frömmigkeit. Sie hat es nicht verdient, Jüdin zu sein. Sie isst heimlich Schinkenspeck, brät ihn in der abgekochten Pfanne und trinkt ein Glas Milch dazu.

Wenn du da reingeboren bist, bist du eben Jude. Und dann kannst du auch Schinken essen, du bist trotzdem Jude.

Sie will eine Jüdin sein, die Schinken essen darf. Sie will nicht mehr kämpfen müssen.

Vor dem Einschlafen noch ein Gedanke: Schma' Israel. Höre Israel.

Sie kann sich selbst nicht einmal mehr hören.

Meint sie das wirklich ernst?

Der Rabbiner glaubt, dass sie noch nicht bereit ist.

Und sie weiß, dass er Recht hat. Und sie hasst ihn dafür. Fünf Mal Auszug aus Ägypten. Fünf Mal Simchat Thora. Fünf Mal hungern an Jom Kippur. Und jeden Tag ein Schacharit. Und jeden Tag dankt sie Gott, dass er sie so gemacht hat, wie sie ist. Nur, warum er sie nicht als Jüdin gemacht hat, darauf findet sie keine Antwort.

Sie zweifelt und liest, dass das dazu gehört. Weil Juden immer zweifeln. Sie fühlt sich jetzt jüdischer als je zuvor. Das Schma' vor sechs Augen und den zehn Finger der Sekretärin, sie ist sich sicher, der Moment wird kommen. Sie muss nur Geduld haben. Und weiter fromm sein und weiter beten und weiter glauben.
Moischele steht vor der Tür und sie schickt ihn nach Hause. »Geh zu deiner Frau und deinem Kind.«
»Ich will nur dich«, schreit er durch ihren Hausflur.
Sie hat Angst, dass jemand herausfinden könnte, dass sie nicht fromm genug ist. Sie trägt ihre Knie jetzt immer bedeckt. Und schaut sich unsicher über die Schulter, wenn sie doch mal schnell bei Lidl einkauft.

Die Damen in der Synagoge verhandeln schon, wer ihr erstes Schidduch-Date sein wird. Der dicke Schlomo. Der dünne David. Der kluge Ari. Der schöne Jonathan. Sie backt einen koscheren Kuchen, parve mit Gelantine aus Fisch, und sieht Mosche und Deborah.
Deborah trägt ein dunkelblaues Kleid, sie ist so hässlich wie eh und je.
Moischele ist kalkweiß und sieht sehr krank aus.
Ohne Moischele weiß sie auf einmal gar nicht mehr, warum sie das alles tut. Sie treiben es auf der Toilette im ers-

ten Stock. Neben dem Büro des Rabbiners. Und sie ist sich sicher, dass sie jetzt auf jeden Fall in die Hölle kommen wird.

Der Rabbiner glaubt, dass sie bereit ist. Sie hält den Termin für die Prüfung in der Hand.
Jetzt hast du es fast geschafft, sagt der Vater und bewundert sie nun doch ein bisschen. Nun, komm mich mal besuchen.
Die Prüfung wird verschoben, weil einer der Rabbiner, ein ehrwürdiger Mann aus Wien, das Zeitliche segnet. Zichrono livracha. Sie fliegt nach Tel Aviv.

»Hat Ihnen jemand Geschenke mitgegeben?« – »Haben Sie den Koffer selbst gepackt?« – »Tragen Sie irgendetwas bei sich, das für eine Waffe gehalten werden könnte?«

Sie landet und wartet auf den Moment, den, in dem sie sich dem Judentum hier im Jüdischen Staat noch näher fühlt. Fast alle Menschen, die du siehst, sind Juden. Ist das nicht wundervoll? Sogar die in Uniform sind Juden, besonders die.

Aber sie fühlt sich nicht mehr oder weniger jüdisch. Sie fühlt nur noch das Pochen in ihren Ohren, spürt, wie es langsam schwächer wird. Und nachts liegt sie wach im Kibbuz, während ihr die Mücken gleichmäßig um die Ohren schwirren. Sie fragt sich, warum sie jetzt, wo sie endlich so nah an ihrem Ziel ist, aufgeben sollte. Und findet viele gute Gründe. Hier im Kibbuz tragen die Männer nicht einmal eine Kippa. Sie fühlt sich wie befreit.

»Bist du Jüdin?«, fragt der Gärtner im Kibbuz.
Doch nicht egal. Immer noch nicht egal. Bist du Jüdin, bist du? Sie hat sich so lange nur darauf konzentriert, eine gute Jüdin zu sein, dass sie dabei ganz vergessen hat, wer sie sonst noch ist.
Wählt sie grün? Oder schwarz? Mag sie Huhn oder Rind? Will sie Kinder oder zwei Katzen?

»Ich bin Maja«, sagt sie dem Gärtner.
»Ich bin Mohammed«, sagt der Gärtner und sie staunt.

»Ich bezeuge, dass es keinen Gott außer Allah gibt und Muhammad Sein Diener und Gesandter ist. Asch-hadu an laa ilaaha illa-Allah wa Asch-hadu anna Muhammadan ‘abd-ullahi (abduhu)wa rasouluh«. Das ist alles, was sie sagen muss, um dazuzugehören. Um endlich irgendwo dazuzugehören.

Sie lebt jetzt in Tayyibe und dass ihr Vater Jude ist, erzählt sie lieber niemandem. Und Mohammed mit seinem schwarzen dichten Bart und den schwarzen Augen und dem wilden Brusthaar, den liebt sie wirklich. Und an Moischele denkt sie nur noch manchmal. Wenn sie in den Badezimmerspiegel guckt und leise das Schma’ Israel sagt.

Katharina Höftmann wurde 1984 in Rostock geboren. Sie studierte Psychologie mit dem Nebenfach deutsch-jüdische Geschichte in Berlin und war als PR-Beraterin für die Agentur Scholz & Friends tätig. Im März 2010 ging sie als Stipendiatin der Studienstiftung des Deutschen Volkes im Bereich Auslandsjournalismus nach Israel und arbeitet seither als freie Journalistin. Ihre Texte erscheinen u. a. bei der Deutschen Presse-Agentur, »Die Welt«, »Merian« und »Myself«. Aus einem Blog, den sie für die Welt-Gruppe unter dem Titel »Guten Morgen, Tel Aviv« führte, entstand ein Buch gleichen Namens. Im Aufbau-Verlag erschien ihre Tel-Aviv-Krimiserie um Kommissar Assaf Rosenthal, die für den renommierten Friedrich-Glauser-Preis 2013 in der Kategorie »Bestes Debüt« nominiert wurde. 2016 erschien ihr Kriminalroman »Erst wenn du tot bist« um die Kriegsreporterin Fanny Wolff, der an der Ostsee spielt. Katharina Höftmann lebt mit Mann und Kind in Israel und Deutschland.

Manfred Theisen

Die Auswahl an Schuhen ist erdrückend!

I. Die Normalität ist ein Kokon

Ich trage keine Schuhe. Um mich herum gehen alle barfuß. Es ist Sommer und der Ort heißt Strand. Das ist normal. Ich verlasse den Strand und trage keine Schuhe. Das ist nicht normal. Ich besitze nicht einmal Schuhe, sondern bin ein Autor ohne Schuhe, laufe über Gehwegplatten, marmoriert und warm. Eis- und Kaugummiflecken. Keine Scherben. Scherben gilt es zu meiden, obwohl meine Fußsohlen eine starke Hornhaut besitzen. Manchmal macht mir auch der heiße Asphalt zu schaffen. Ich suche dann das Gras am Rande des Weges. Wenn du jahrelang keine Schuhe getragen hast, so ändert sich dein Fuß, aber deine Haut ist trotzdem nicht tot wie eine Ledersohle. Ganz angepasst ist keiner. Selbst wenn er simuliert so zu sein, wie du es bist! Nicht aus Armut trage ich keine Schuhe. Ich will schlicht keine Schuhe, weder Leder noch Imitat. Ich habe mich abgewöhnt. So wie ein Hund, der kein Halsband mehr möchte. Ich will frei mit meinen Zehen spielen können. Im Winter muss ich sie ohnehin bewegen, sonst erfrieren sie. Wer barfuß läuft, sollte in Bewegung bleiben.

Als Kind habe ich Schuhe getragen, auch später als Student, als Redakteur. Zum Schuh die passenden Strümpfe, am besten Naturprodukte, alles passend bis hinauf zum Haarschnitt, Krawatte war noch Pflicht in der Chefetage. Damals lernte ich Lutz F. kennen, der heute Politiker berät und von dem später noch die Rede sein wird. Die Krawatte, die ich trug war unbequem, gab mir aber Sicherheit. Sicherheit und Normalität sind Brüder. Sie bilden den Kokon, der jeden warm hält und die Gesellschaft zusammen. Doch ich wollte Veränderung, unangepasst sein, keine Freiheit aus einem Prospekt, ein bisschen Wildnis. Am Ende stand ich wie ein Schmetterling in buntem Hemd im Aufzug und trug keine Schuhe, war untragbar, kündigte: frei und bis auf die Abfindung mittellos.

So wurde ich Autor. Schlips und Kragen ade. Seit über fünfundzwanzig Jahren habe ich keinen Fuß mehr in ein Schuhgeschäft gesetzt. Und wer mich zu einer Lesung einlädt, der will genau das: einen Andersmenschen! Ich darf ein Sonderling sein, unangepasst wie das Runde im Eckigen.

Ich ging jedenfalls durch die Jahre ohne Schuhe. Trotz der Kinder! Sie finden nämlich einen Vater wie mich peinlich. Sie wollen normal sein. Ich solle mich integrieren, forderten sie. Ich wusste nicht, woher sie das Wort überhaupt kannten. Sicher ist: Die Normalität ist ihre Bibel. Schließlich sind sie auf der Suche nach Anerkennung, nach ihrem Platz in der Gesellschaft. Sie sagen: »Der Papa muss zumindest im Winter Schuhe tragen.« Die anderen tuscheln sonst: »Dein Papa ist nicht normal ...« Meine Kinder weigerten sich in der vierten Klasse von mir zur Schule gebracht zu werden. Ich war ein Aussätziger. Noch jetzt, sie sind elf und zwölf Jahre, finden sie meine Barfüßigkeit blöd. Sie verstehen nicht, dass ich in diesem Punkt nicht einbezogen, nicht integriert sein möchte. Ansonsten führe ich doch brav meine Steuern von den Tantiemen ab und bin auch sonst ein unauffälliger Bürger, der mit Messer und Gabel isst. Meine Frau sagt nichts zu meiner »Marotte«. Sie hat ein tolerantes Wesen. Sieht über Kleinigkeiten hinweg, sieht eher das Ganze.

Prinzipiell provoziert alles Anderssein den neugierigen Blick und animiert zur Nachfrage: in der Fußgängerzone, der Tiefgarage, all die Passanten. Sie wollen Antworten, wie Kinder, die sich nach dem Sinn des Lebens sehnen. Ich weiß nur eins: Ich möchte nicht auf meine blanken Füße angesprochen werden. Warum wollen sie mich gleich machen? Erst wird auf das Andersartige gezeigt, gelästert und schließlich wirst du verlacht – bis du dich fügst und dir Schuhe anziehst. Dann bist du in Ordnung. In Reih und Glied.

Lutz sagte mir, ich könne das ewige Gefragtwerden verhindern, indem ich schlicht Schuhe trage und mich integriere. Ich entgegnete: »Dann lauf du doch ab jetzt einfach barfuß.« Er darauf: »Nein, nein, die Mehrheit sagt, wohin die Gesellschaft läuft und ob sie dabei Schuhe trägt. Oder Kopftuch. Oder Schal. Oder ein medizinisches Armband oder raucht, Prostitution erlaubt und ob du barfuß überhaupt Auto fahren darfst.« Ich: »Die Mehrheit?«

Er: »Wenn du etwas ändern möchtest, musst du eine Werbekampagne anfeuern um die Mehrheit hinter dich zu bringen.«

Wie schon erwähnt: Lutz arbeitet bei einer Werbeagentur in Hamburg und muss stets Mehrheiten für Politiker beschaffen. Diese stimmen dann über Gesetze ab um Fragen zu beantworten wie: »Ist Barfußautofahren erlaubt?«

Eigentlich will ich gar keine Mehrheit. Ich will keine Gesellschaft, in der jeder barfuß läuft, weil alle es tun, weil du schon als Kind zum Barfußlauf erzogen wirst wie zum sonntäglichen Gebet in der Kirche oder dem Freitag in der Moschee. Ich will eine Gesellschaft, die nicht ganz so ist wie ich. Ich habe meine Kinder nicht sonntags in die Kirche gezwungen. Sie sollen frei wählen. Würden alle barfuß laufen, würde ich sofort Schuhe tragen. Da bin ich mir sicher. Ich bin ein Querulant. Vielleicht sind mir deshalb auch Religionsgemeinschaften suspekt. Alle glauben und dann auch noch an den gleichen Gott. Das ist mir unheimlich.

Vor knapp vier Jahren nannte mich Lutz im Zorn nicht integrierbar! Er war sauer, weil er wollte, dass ich bei seiner Hochzeit auf keinen Fall barfuß als Trauzeuge fungieren sollte. Seine Zukünftige hatte ihm deshalb im Vorfeld die Hölle heiß gemacht.

II. Die Sache mit der Erneuerung

Seiner Meinung nach müsste ich Schuhe tragen und mich so kleiden, dass ich weder ihm noch meinen Kindern peinlich bin. Ich sagte, dass ich sehr wohl integrierbar sei. Er behauptete Nein. Am Ende googelten wir das Wort »Integrieren« und stießen auf die lateinische Wurzel *integrare*, was nicht »anpassen« sondern »erneuern« meint. Das hatten wir beide trotz Schullatein nicht kommen sehen. Erneuern, Erneuerung. Was soll hier erneuert werden? Ich? Einwanderer? Sonderlinge? Oder die Gesellschaft der Mehrheit? Für ihn wie mich hieß Integration erst einmal Anpassung. Und zwar, dass sich der andere anpasst! Am besten an die gängige Kultur. Leitkultur, Unterordnung, im extremsten Fall folgt die Unterwerfung. Erneuerung war neu für mich.

Soziologisch gesehen sollen Menschen und Gruppen, die bislang von sozialen Aspekten ausgeschlossen waren, einbezogen werden. Für Ankommende heißt es, dass sie ins nationale Gefüge aufgenommen werden. Wir aber hielten uns am Ursprung fest: *integrare*.

Es schien mir der interessanteste aller Aspekte des Wortes, Soziologie hin und Sprachgebrauch her. Ich musste an den ersten Afrikaner denken, der Ende der 60er Jahre in unsere Nachbarschaft zog. Ich weiß nicht, aus welchem Land Afrikas er stammte. Ich wusste damals nicht einmal, wo Afrika liegt. Heute frage ich mich, ob es damals überhaupt schon den Begriff »Integration«

gab? Zuwanderer, Einwanderer, von alledem hatte ich noch nichts gehört, stattdessen von Gastarbeitern. In Köln waren es meist Italiener, aber auch Spanier und Griechen.

Sie kamen, damit das Handelsbilanzdefizit ihrer Länder gegenüber der Bundesrepublik Deutschland kompensiert wurde und weil Deutschland Arbeitskräfte benötigte. Später kamen türkische Arbeiter aus ähnlichen Gründen. Nach vielen Diskussionen und unter dem Druck der USA stimmte 1961 die deutsche Regierung dem Anwerbeabkommen zu, das die Türkei an die Bundesrepublik gestellt hatte. Die deutsche Regierung hatte zuvor herumgezickt: Arbeitsminister Theodor Blank befürchtete Konflikte zwischen türkischen Gastarbeitern und Deutschen aufgrund religiöser und kultureller Unterschiede. Von Integration sprach niemand. Schon das Nebeneinanderleben wurde als mögliches Problem angesehen.

Wie groß der Druck der USA auf Deutschland gewesen sein mag, ist schwer abzuschätzen. Sicher ist, der NATO-Partner Türkei sollte gepäppelt und wirtschaftlich stabilisiert werden. Nicht umsonst arbeiteten die ersten 150 »Heuss-Türken« (benannt nach dem damaligen Bundespräsidenten Theodor Heuss) 1958 in den Ford-Werken Köln, einem US-Betrieb.

Als Kind hatte ich von all dem keinen blassen Schimmer. Ich merkte nur, da wir in der Nähe der Ford-Werke lebten, wie immer mehr türkische Männer in unserer Nähe einquartiert wurden. Mein Vater, der selbst ein Ford-Arbeiter war, redete nur gut über sie: Sie seien fleißige und arme Kerle. Ganz ohne Familie und aus einem unterentwickelten Land kommend.

Rückblickend betrachtet, ist es bemerkenswert, dass sie nicht in den reichen Vierteln unserer Stadt untergebracht wurden, sondern bei uns. Wohlhabende ließen höchstens Diplomaten als Nachbarn zu. Der erste Kontakt der italienischen und türkischen Einwanderer mit den Nobelvierteln im Rheinland war vermutlich die Mülltonne, die sie leerten.

Fakt ist: Integration von Gastarbeitern war zumindest was die türkischstämmigen anging, in meiner Kindheit gar nicht geplant. Sie sollten ihr Geld von Deutschland in die Türkei schicken. Das sah zumindest der Plan in Ankara vor. Und auch die Deutschen sprachen nur von arbeitenden Gästen, die bald wieder fahren würden. Die ärmeren Türken und die ärmeren Deutschen sollten derweil sozialen Frieden wahren, weil es hier um Handelsbilanzen, Bruttosozialprodukt und die NATO ging. Das mit der Integration der türkischen Migranten hatte die Politik gleich zu Beginn versaut. Wären die Einheimischen und die Migranten nicht beide so offen gewesen, wäre es nie etwas geworden. Integration trotz Politik!

Und dann stand dieser dunkle fremde Mann vor mir: Italienisch sah er nicht aus, nicht türkisch und nicht spanisch. Und in meinem Kopf war noch die rassistische Theorie Egon von Eickstedts (1892–1965), wonach es gelbe, schwarze, rote und weiße Menschen gibt. So einfach kann die Welt sein. Wir hatten keinen Fernseher und meine Bildung war daher recht eingeschränkt. Jedenfalls war ich neugierig auf den neuen Nachbarn. Und drückte ihm die Hand, weil ich wissen wollte, ob seine sehr dunkle Hautfarbe wirklich fest an seiner Haut ist. Sie war es! Die Hautfarbe ist seine Natur wie die Hellhäutigkeit meine Natur ist. Das wurde mir damals zum ersten Mal klar. Es gibt Dinge, die du nicht ändern kannst, selbst beim besten Integrationswillen. Ich begrüßte den Neuen. Später sah ich im Fernsehen zum ersten Mal einen Tarzanfilm und da kamen ganz viele »Schwarze« vor. Sie tanzten barfuß und sangen und wurden »Wilde« genannt. Gut, dass ich zuvor schon persönlichen Kontakt mit einem Afrikaner gehabt hatte. Wer weiß, wie mein Weltbild sonst von Tarzanfilmen beprägt worden wäre.

Später vollzog ich ungesucht den Rollenwechsel in Äthiopien. Ich war in einem kleinen Dorf in der Nähe von Lalibela, und die äthiopischen Kinder wollten den Fremden mit der weißen Haut unbedingt anfassen. Also berührten sie mich. Ich trug übrigens damals noch Schuhe.

Heute stellt sich kein Kind in Köln mehr die Fragen, ob die schwarze Haut nur aufgemalt ist. Und vermutlich hat sich auch in Lalibela herumgesprochen, dass Weiße sich nicht mit Deckweiß anpinseln. Wir wissen mehr über den anderen und haben unsere Sicht erneuert. Weltweite Integration über Fernseher und Internet. Ist nicht schon kennenlernen Integration im Kopf? Und schließlich sitzen in unseren Schulen so viele Varianten von Hautfarben, dass wir es nicht mehr schlicht auf das rassistische Gelb, Rot, Schwarz oder Weiß reduzieren können. Wir haben Erfahrungen mit Nigerianern und Kenianern gemacht, mit Chinesen und Malaien und sie mit uns. Wir haben Worte wie Mohrenkopf ins Land des Rassismus verbannt. Und sogar Pippi Langstrumpfs Vater ist kein Negerkönig mehr, sondern Südseekönig. All die Ankommenden haben unsere Gesellschaft erneuert, sich und uns integriert.

Als Autor einiger Jugend- und Kinderbücher habe ich über hundert Lesungen in Schulen im Jahr. Im Zuge meiner Überlegungen zur Integration habe ich Schüler in Grundschulen und Weiterführenden Schulen gefragt, ob es Integrationsprobleme in ihrer Klasse gibt.

»Nein«, war die häufigste Antwort. Es gehe nicht darum, ob jemand schwarz oder weiß ist, es gehe darum, ob er die Klassenregeln einhält. Oftmals schließen sich allerdings Gleichgesinnte zusammen und sondern sich durch Sprache oder religiöse Symbole ab. Die überwiegende Meinung der Lehrer, was die daraus resultierenden ethnische Konflikte und Vorurteile betrifft: »Da fehlt es meist an Offenheit vom Elternhaus.«

Eine spezielle Gruppe bilden jene Eltern, die selbst Probleme mit der Integration oder dem Integrieren haben. Sie geben diese Probleme häufig an ihre Kinder weiter, schüren Vorurteile oder beharren auf ihrer Heimat. So redet der Vater dem Sohn ein, seine wahre Heimat liege irgendwo am Bosporus oder in Süditalien. Und die

Söhne nicken, um ihre Väter stolz zu machen. Ein Junge (4. Klasse) in Saarbrücken sagte mir: »Ich fühle mich in Saarbrücken zu Hause. Aber Papa will, dass meine Heimat in Opas Heimatdorf in Anatolien ist.« Offensichtlich hat der Vater nicht gemerkt, dass sein Kind in einem Deutschland daheim ist, wo die Gastarbeiter längst keine Gäste mehr, sondern Gastgeber für die neuen Ankommenden sind.

Ebenso finden sich jene Deutschen, die eine Veränderung des Landes nicht akzeptiert haben und im Glauben verkrusten, dass Deutschland den Deutschen gehöre. Im Osten der Republik ist dieser Prozentsatz höher, da dort vor der Wende weniger Gastarbeiter lebten.

III. Die Brutalität der Mehrheit

Egal von welcher Seite die Erneuerungsphobien kommen, sie führen stets zu einer Veränderung: zum Nationalismus und Atavismus, zum Rassismus und Faschismus.
Ich bin nur einer von wenigen Barfußläufern und daher ohnehin in der Minderheit. Das stört mich nicht. Ich lebe gut damit, denn es herrscht Demokratie in Deutschland und meine Freiheit ist geschützt, mein Anderssein toleriert. Aber ich glaube, dass es die Minderheiten künftig schwer haben werden. Überall ändern sich die Gesellschaften aus der Angst vor der Veränderung. Aus parlamentarischen Demokratien werden Präsidialdemokratien, die Presse wird unterworfen, die Judika-

tive zum Gefolgsmann der herrschenden Politiker. Das Volk schreit nach Stärke um sich zu erwehren. Gegen wen? Gegen was? Gegen die Veränderung! Gegen die Öffnung? Die einen haben Angst vor dem technischen Fortschritt und der Freizügigkeit oder der Konkurrenz der Frauen. Die anderen ängstigt der Terrorismus und die Religion. Die Demokratie zerlegt sich aus Angst vor dem Neuen.

Und viele halten es mittlerweile für Demokratie, wenn ein Diktator die Mehrheit hinter sich hat. In solchen Staaten sollen sich alle anpassen. Da dürfen die Christen nicht mehr öffentlich ihre Prozession veranstalten und die Schwulen die Parade. Solche Staaten wollen keine Integration. Sie wollen nur eine Kultur. Die Deutschen haben schon einmal mehrheitlich einen Diktator gewählt. Sie haben Erfahrung mit der Brutalität der Mehrheit gemacht. Wenn neunzig Prozent für den Mord an zehn Prozent stimmen, ist das noch lange keine Demokratie! Das ist ein Verbrechen.

Es gibt Grundrechte, die Unantastbarkeit der Würde des Menschen und der Respekt vor dem anderen. Und wenn ein Volk sich selbst Presse und Meinungsfreiheit durch einen Präsidenten nehmen lässt, lebt es nicht mehr in einer Demokratie. Es verliert seine Fähigkeit zur Integration, zur Erneuerung. Es ist starr und gefährlich in seinem Wahn Recht zu haben, sich durch die Mehrheit zu berechtigen, jeden aus dem Weg zu räumen oder seine Grenzen für die Erneuerung zu schließen.

IV. So bleibt mir der auffällige Hut

Aber ich schweife aus, komme nun zurück zu meinen Füßen. Denn ich habe mich dazu entschlossen, wieder Schuhe zu tragen. Nach fast zwanzig Jahren. Obwohl ich nicht überzeugt wurde. Eher war es der Alltag, der mich dazu zwang, mich zu ändern. Denn die Stadt hat das Stück Rasen neben unserem Bürgersteig für Parkraum asphaltiert. Ich habe dagegen protestiert, vergebens. Man könne nicht auf einen einzigen Barfußläufer Rücksicht nehmen. Resultat: Im Sommer in Köln, wenn der Asphalt flimmert, gibt es in der näheren Umgebung keine Möglichkeit mehr für mich, ohne Schmerzen barfuß zu laufen. Meine Kinder freut es, obwohl sie das Grün vermissen.
Ich werde mir also Schuhe kaufen. Das wird nicht schwierig. Schuhgröße 45 ist üblich und die Auswahl erdrückend. Die Ärzte empfehlen geläuterten Barfußläufern, die neuen Schuhe erst einmal nur für eine halbe Stunde täglich zu tragen. Für den Fuß sei es sonst eine zu starke Veränderung. Und so werde ich normal und angepasst bis in die Schuhspitze. Aber vielleicht kaufe ich mir einen auffälligen Hut, einen mit drei Ecken. Schließlich wird mein Haar langsam grau.

Manfred Theisen lebt und arbeitet als freier Schriftsteller in Köln und Estland. Seine Arbeiten wurden in mehrere

Sprachen übersetzt und ausgezeichnet. Zuletzt erschien 2016 sein Roman »Checkpoint Europa« im cbt Verlag, der eine Flüchtlingsgeschichte erzählt. Der Autor war niemals Barfußläufer und trägt keine Hüte. Aber das kann sich ja noch ändern.

Linda Rachel Sabiers

Eine Tasche voller Steine

Der Tag begann, wie ein Tag beginnt, der sich keiner Uhr fügen muss. Ahnungslos, planlos, kopflos, beinahe schwerelos. Das erste Mal seit langer Zeit erwachte ich ohne jenes menschenunwürdige Weckerklingeln, das der Natur meines Schlafes Morgen um Morgen seine Naivität raubt. So stand ich auf, als mir danach war, steckte mich und schaute dabei auf den ersten Schnee dieses Jahres, der Bäume und Büsche in unserem Innenhof unter einer pudrigen Schicht vergrub. Mein Morgenmantel schwang um meine Knie, während ich auf Zehenspitzen in die Küche lief. Holzdielen in Berliner Altbauten können selten Geheimnisse für sich bewahren. Mit einer Tasse heißem Kaffee ging ich zurück ins Wohnzimmer, bereit, mich einem Buch zu widmen, das bereits seit Wochen geschlossen, beinahe vorwurfsvoll auf der Sofalehne lag.

Doch bevor ich den ersten Schluck trinken, die erste Seite lesen konnte, klingelte es an der Tür. Ich zögerte, überlegte, wer es sein könne. Ein Paket erwartete ich nicht, Amtsbesuche jedweder Art finden nicht am Wochenende statt, Freunde kündigten sich in der Regel an, einen Spontanbesuch meiner an Misanthropie leidenden Nachbarn musste ich auch nicht fürchten. So zog ich den Gürtel fester, richtete vor dem Flurspiegel mein zerzaustes Haar und hielt den Atem an, während ich durch den Türspion blickte. Durch die verzerrte Perspektive des Fischauges sah ich eine ältere Dame, die, beide Hände fest um den mit Krokodilleder überzogenen Henkel ihrer Handtasche klammernd, geradewegs in meine Richtung starrte.

»Guten Morgen, entschuldigen Sie die Störung. Mein Name ist Margarete Neumann, ich würde gerne ein paar Minuten mit Ihnen reden«, ließ sie mich erst zögernd, dann deutlicher durch die noch verschlossene Tür wissen. Ein nicht zu leugnender englischer Akzent durchzog ihr sonst tadelloses, etwas antiquiertes Deutsch. Ich öffnete die Tür einen Spalt, schickte meine Nase voraus und hoffte, nicht auf eine Zeugin Jehovas reingefallen zu sein. Sie stand vor mir, in einem eleganten Wollkostüm, ein weiter burgunderfarbener Swinger lässig über ihren Schultern liegend. Braune Pumps, passend zur Tasche, das weiße Haar unter mehreren Schichten Haarspray fest an ihren Kopf gelegt. Das Rosé ihres Lippenstifts schimmerte leicht im Licht der Flurlampe und verließ an einigen Stellen die natürliche Form ihrer Lippen, um sich tief in die umliegenden Mundfältchen einzugraben. Das schwere Parfum benebelte nicht nur meine Sinne, sondern den gesamten Hausflur. Selten habe ich mich so für meine Garderobe geschämt wie in diesem Moment. Denn sie sah aus wie eine Frau, die zeitlebens niemandem um elf Uhr vormittags im Morgenmantel gegenüber treten würde. Und ich, nun ja, wie Anfang dreißig ohne Verpflichtung.

»Ich bin mir durchaus bewusst, dass dieser unerwartete Besuch störend ist. Ich wäre Ihnen jedoch sehr dankbar, wenn ich kurz reinkommen dürfte. Hier im Flur wäre es mir sehr unangenehm, mit Ihnen über mein Anliegen zu sprechen.« Ihre Worte waren gewählt, wie auswendig gelernt, gleichzeitig demütig und hoffnungsvoll. Kurz kämpfte ich mit mir, noch immer war ich überrascht von diesem fremden Besuch. Auf die Gefahr hin, eine Trickbetrügerin über die Schwelle zu bitten, ließ ich Frau Neumann eintreten, die, ganz so, als wäre sie mit meiner Wohnung vertraut, gezielt in mein Wohnzimmer lief. Ob ich Tee hätte, wollte sie von mir wissen, während sie auf dem Sofa Platz nahm. Ich nickte höflich, stand auf und verließ kopfschüttelnd und irritiert den Raum, um den Earl Grey wenige Minuten später professionell auf dem bis zu ihren Knien reichenden Wohnzimmertisch abzustellen. Wortlos sah sie sich minutenlang um. Auch ich schwieg, ließ sie machen, bedeckte meine nackten Füße mit den Rockzipfeln des Morgenmantels.
»Wieso ich hier bin, diese Antwort bin ich Ihnen schuldig.«
Mit diesem Satz brach sie die unangenehme Stille.

Was folgte, war eine Geschichte, die ich zeit meines Lebens nicht vergessen werde.

Margarete Neumann wurde 1929 in Berlin geboren. Ihr Vater, Fritz Neumann, heiratete 1925 ihre Mutter Hermine Stern und bezog kurz darauf eine prächtige Stadtwohnung am Kurfürstendamm, unweit des Hauses, in dem ich seit einigen Jahren wohne. So wuchs Margarete, Tochter eines Nichtjuden und einer Jüdin, in behüteten, vermögenden Verhältnissen auf. Ihre Augen leuchteten, als sie mir von den Besuchen an der Hand ihrer Mutter im jüdischen Warenhaus erzählte. Seidenhandschuhe, prächtige Kirschbaumschränke, Klavierstunden bei Fräulein Olschevsky, die Gouvernante Käthe, Eisessen am Lietzensee. Dann, kurz nach Machtergreifung 1933, verließ Fritz Neumann Frau und Kind. Ohne Vorwarnung, ohne Abschied, ohne ihnen eine müde Reichsmark zu hinterlassen. Was dann folgte, war die zwölf Jahre währende Tortur einer alleinerziehenden jüdischen Mutter. Eine Tortur aus Verlust, Verleumdung und, letztendlich, Vergessen. Margarete erzählte ihre Geschichte so detailverliebt, dass man hätte meinen können, es lägen maximal acht, und keine 80 Jahre zwischen dem kleinen, unbeschwerten Mädchen und der Frau, die an jenem unwirklich erscheinenden Tag im Dezember vor mir saß.

»Sehen Sie dort? An der Klinke?« Meinen Hinweis, mich duzen zu dürfen, überging sie konsequent. Ich schaute auf die Messingklinke meiner Wohnzimmertür, die ich schon so oft bewundert hatte. Sie hatte die Form eines Schwans, dessen Flügel den beweglichen Griff zierten. »An der oberen Seite ist das Messing viel heller als unten. Ich erzähle Ihnen, wieso: Nachdem meine Mutter und ich Ende 1933 von unserer großen Wohnung in dieses bescheidene Hinterhaus zogen, wachte ich Nacht für Nacht schweißgebadet auf und schlich mich an die verschlossene Wohnzimmertür, hinter der meine Mutter schlief. Da ich sie nicht wecken wollte, hockte ich mich auf die nackten Dielen, ließ meine Hand auf der Klinke liegen und nickte irgendwann ein. So lief das jede Nacht. Etwa zwei Jahre.«

Während Margarete im Laufe ihrer Geschichte immer tiefer in die Abgründe der nahenden Berliner Weltkriegsjahre hinabstieg, musste ich mich an einen bestimmten Punkt auf der Wand hinter ihr konzentrieren, um nicht in Tränen auszubrechen. Noch immer konnte ich nicht glauben, welches Szenario sich in meinen vier Wänden abspielte. Doch, wer war ich, den Lauf der Dinge zu unterbrechen?

»Folgen Sie mir, Kind!«, bat sie mich. Ich folgte. Sie zeigte mir Kerben im Küchentürrahmen, Flecken auf dem Holzboden, die auch ich bereits vergeblich versucht hatte, zu entfernen. »Keine Chance, Kirschsaft«, sagte sie lächelnd und zwinkerte. Immer wieder blieb sie stehen, unterbrach ihre Geschichte und starrte benommen in eine Ecke oder durch mein Schlafzimmerfenster. »Meine Mutter«, sagte sie, »war eine starke Frau mit einem unglaublichen guten Gespür für den aufkommenden Donner, der ganz Europa binnen weniger Jahren in Schutt und Asche legen sollte. Vor allem aber wusste sie, was zu tun war.«

Am 10. November 1938, einen Tag nach der Reichspogromnacht, stand Margarete mit einem kleinen Köfferchen am Anhalter Bahnhof. Von dort, das wusste das neunjährige Kind damals noch nicht, sollte ihr Weg über

Hamburg in Richtung England gehen, berichtete sie nüchtern. »Alles, was den Jungen und Mädchen in diesem Zug blieb, waren Erinnerungen an ihre winkenden Eltern am Bahnsteig, die ihre Tränen tapfer zurückhielten, bis die dampfende Lok im Horizont verschwand.« Nur wenige würden ihre Eltern nach dem Krieg wiederfinden, beinahe niemand würde jemals wieder einen Fuß nach Berlin setzen. »Die ersten von einigen Kindertransporten, die vielen Kleinen das Leben retteten«, ergänzte Margarete nach zehn Minuten chronologisch exakter Schilderung über unser, ihres und mein Berlin, dessen heimisches Gesicht sich innerhalb weniger Jahre für die jüdische Bevölkerung in eine Fratze verwandeln sollte. »Haben Sie Ihre Mutter jemals wieder gesehen?«, fragte ich zaghaft. »Nein«, mehr presste sie nicht durch ihre zusammengekniffenen Lippen. Und mehr wollte ich nicht wissen.

»Nun, ziehen Sie sich wohl noch an oder möchten Sie mich im Morgenmantel durch die Stadt begleiten?«, sagte sie in einer Art, die Frage und Befehlston zugleich war. Da Frau Neumann bereits voll und ganz das Zepter in meiner Wohnung übernommen hatte, fügte ich mich und zog mich wie ferngesteuert an. »Wo möchten Sie denn hingehen?«, fragte ich schüchtern am Treppenabsatz.
»Wir spazieren ein wenig durch meine Vergangenheit. Mehr nicht, mein Kind.«
»Soll ich Ihnen Ihre Tasche abnehmen?« »Bitte nicht!«

So stapften wir durch den Charlottenburger Schnee. Frau Neumanns Arm unter meinem, ihre prall gefüllte Ledertasche ließ sie am linken Unterarm baumeln. Wir liefen die Schlüterstraße entlang, dort, wo auch heute ein Delikatessengeschäft dem anderen folgt. Am Ku'damm zeigte sie mir ihr Elternhaus, das heute, wie sie sagte, eine ganz andere Fassade hat. »Sie sanieren die Häuser, schleifen so lange an ihnen rum, bis auch ihre Gewissen saniert sind«, murmelt sie in den an uns vorbeirauschenden Verkehr. Durch ihre langsamer werdenden Schritte spürte ich, dass sie diese Reise anstrengte. Körperlich und emotional. »Dort, Familie Braun!« Sie griff in ihre Handtasche und holte drei blank polierte Steine hervor, die sie bedächtig auf die goldenen Stolpersteine vor der Mommsenstraße 35 legte. »Mit Tilly ging ich zur Schule. Armes Mädchen.« Tilly starb, so die Gravur, 1941 in Theresienstadt. Margaretes Gesichtsausdruck wechselte mit jedem Straßenzug von euphorisch-kindlich zu alt und verbittert. Wer sollte es ihr verübeln? Wir aßen Erdbeerkuchen im Kempinski, so, wie sie es zuletzt mit ihren Eltern getan hatte. Wir bewunderten das KaDeWe, liefen einmal quer über den Savignyplatz und zurück. Doch wo wir auch hingingen, wir hinterließen eine Spur aus Steinen. Ein Mosaik des Kampfes gegen das Vergessen, ein toter Faden durch Margaretes Vergangenheit.

»Ich bin müde, lassen Sie uns nach Hause gehen«, bat sie mich am Nachmittag. Nach Hause, das war eine gute Idee. Im Taxi hielt sie weiterhin an ihrer Handtasche fest, blickte stumm aus dem Fenster und atmete so schwer, dass sich ihr Brustkorb in regelmäßigem Abstand hob. Wenn ich zu diesem Zeitpunkt bereits gewusst hätte, wie dieser Tag enden würde, hätte ich noch alle Fragen gefragt, die mir ebenfalls wie Steine auf der Seele lagen.

»Macht es Ihnen etwas aus, wenn ich mich kurz hinlege, bevor ich meine Reise fortsetze?«, fragte sie in dem höflichem Duktus, an den ich mich so schnell schon gewöhnt hatte.
»Sehr gerne. Möchten Sie sich in meinem Bett ausruhen?«
»Wenn Sie mich lassen …«
Natürlich ließ ich sie.
Wie sollte ich einer aus England angereisten Dame von 87 Jahren diese Bitte abschlagen? Wie konnte ich ihr den Wunsch verwehren, noch einmal die Augen in diesem Zimmer zu schließen, das sie zuletzt als Kind bewohnt hatte? Vor allem aber: Wie sollte ich irgendjemandem überzeugend erklären, was sich in diesem Moment bei mir abspielte? Sie setzte sich auf die Bettkante, zog ihre Schuhe aus und ließ sich langsam auf die weichen Daunen nieder. Ich schloss die Türe hinter mir und legte mich ins Wohnzimmer.
Als ich nach einem tiefen, traumlosen Schlaf aufwachte, es müssen drei Stunden vergangen sein, schaute ich nach Frau Neumann, die wohl immer noch in meinem Schlafzimmer ruhte. Ich klopfte, erhielt jedoch keine Antwort. Klopfte wieder, nichts. So trat ich ein und sah sie, regungslos, wie ich sie verabschiedet hatte, auf meinem

Bett liegen. Ihre Tasche am Fußende. Margarete rührte sich nicht mehr, auch nicht, als ich sie vorsichtig an der Schulter berührte. Margarete war eingeschlafen, friedlich. Um nie wieder aufzuwachen. Sie hinterließ mir eine Tasche voller Steine.

Linda Rachel Sabiers, geboren 1984, studierte Kommunikation und Marketing in Köln und lebt, nach Stationen in den USA und Tel Aviv, seit 2009 als Texterin, Kolumnistin und Autorin in Berlin. Als freie Autorin schreibt sie heute für das digitale Stadtmagazin »Mit Vergnügen« und die »NEON«. Mehrmals im Jahr veranstaltet sie Lesungen, auf denen sie Texte ihrer Kurzgeschichtensammlungen »Superbia – Berlin kommt vor dem Fall« und »030 – Berliner Geschichten« liest.

Emil Fadel

Die unendliche Einsamkeit des Herrn M.

M. sitzt im Bus.

Die Stadt wogt grau an den Fensterscheiben vorbei. Vor ein paar Jahren war sie noch ganz bunt, das weiß M. genau. Er kann sich aber nicht genau erinnern, wann der große Wechsel stattgefunden hat. Vielleicht war es über Nacht gewesen, vielleicht waren seine Augen erkrankt, sodass er nun alles schwarz-weiß sah. Aus irgendeinem Grund hatte er sich nie gewundert. Es war einfach passiert.

Ihm gegenüber schnäuzt sich ein älterer Herr mit einem feuchten Klatschen in sein grau kariertes Taschentuch, ein Geräusch, das an einen Schneeball erinnert, der auf dem nassen Asphalt aufschlägt. Im rumpelnden Grollen des V12-Motors, der den Bus durch die engen Häuserschluchten peitscht, geht es jedoch beinahe unter, so wie die Gespräche der Menschen auf den Hartschalensitzen, die Schreie des Kindes, das in einem verschmuddelten grauen Kinderwagen liegt, und M.'s eigenen Gedanken. Immer wenn der Bus an einer Haltestelle hält, würgt der Motor auf, wie eine Bestie, die sich an einem Knochen verschluckt hat. Zusätzlich zu dem recht unappetitlichen

Geräusch wackelt der ganze Bus wie ein Schiff auf hoher See, weil der Busfahrer die Kupplung zu ruckartig fahren lässt. M. schlägt jedes Mal mit der rechten Schulter hart gegen das Plexiglas der Fensterscheibe und mit der linken wesentlich weicher gegen den fleischigen Körper seines Sitznachbarn. Erneut schielt M. aus dem Augenwinkel herüber und bewundert die schiere Masse des anderen. Die Oberschenkel liegen, Würsten in der Größe von Kleinkindern ähnelnd, schwer auf eineinhalb Sitzen, wobei M. mit dem restlichen halben Sitz auskommen muss. Der Bauch wölbt sich ungesund über die Gürtelschnalle nach oben, wobei sich seine nördlichsten Ausläufer beinahe mit den rundlichen Stalaktiten des Doppelkinns vereinigen, das dermaßen unmotiviert am Hals hängt, als habe es vergessen, dass es einmal ein Teil des Gesichts war. Alles in allem wirkt die ganze Erscheinung des Mannes auf M. befremdlich, jedoch kaum abstoßend, zu sehr erinnert ihn die körperliche Entsprechung eines Konvexspiegels an den Wirt seiner alten Stammkneipe, in die er seit Jahren nicht mehr geht, weil der Wein ihm nicht mehr schmeckt, und die müden Spieler an den Automaten ihn traurig machen.

Ohnehin war der Prozess, sich dieses Lokal als Anlaufpunkt für seine abendlichen Runden auszusuchen, nur ein Werkzeug seiner damaligen Realitätsflucht gewesen, denn ursprünglich war M. Universitätsprofessor der Literatur, die Sorte Mensch also, die im illustren Kreis von lebenden und (vor allem) toten Künstlern verkehrten, ihre Frauen seit Jahrzehnten nicht mehr anfassten und sich hinter gigantischen verstaubten Bücherbergen vor dem grausamen Angesicht der Welt verbargen. Doch eines grau vernieselten Tages im November – es war ein Donnerstag, das weiß M. noch genau – war ihm, während er mit dem Fahrrad zur Buchhandlung gefahren war, ein Gedanke gekommen: die Frage nach dem Warum.

Warum sich mit Literatur beschäftigen, wenn doch alle Konflikte dieses Planetens mit Waffen und Gewalt entschieden werden? Warum das Lebenswerk von weltbekannten Autoren studieren, wenn diese doch im Grunde nur Träumer gewesen waren, die ihren exzessiven Lebensstil auf den Schultern unzähliger gesichtsloser Proletarier geführt hatten, um schließlich mit den Früchten ihrer Arbeit einige dekadente Intellektuelle zu beeindrucken? Warum Texte in toten Sprachen lesen, wenn man in der eigenen Sprache nicht mächtig ist, die verführerische Frau in einer Bar zu beeindrucken, oder dem aufgebrachten Polizisten den Strafzettel wegen dem Übertreten der zulässigen Höchstgeschwindigkeit aus dem Kopf zu schlagen?

Dieses ganze Warum überschwemmte M., sodass er beinahe vergaß, in die Pedale zu treten. Sein Fahrrad wurde langsamer, der Vorderreifen schlingerte und wäre um ein Haar in den mit Zigarettenstummeln, Blättern und anderem Unrat gefüllten Rinnstein geraten. Dann stand M. auf dem Bürgersteig, sein Rad lehnte sich ermattet an sein rechtes Bein, und er versuchte, seiner überschäumenden Verzweiflung Herr zu werden. Mit einem Mal seiner ganz persönlichen Existenzberechtigung beraubt, fühlte er sich wie mit einem großen Gewicht beladen, unaufhaltsam zog es seine Schultern in Richtung des Erdbodens. Er wurde müde und das, obwohl er, wie jeden Morgen, nach acht Stunden Schlaf aufgestanden war und seinen doppelten Espresso Macchiato getrunken hatte.

In den nächsten Wochen ging M. nicht zu seinen Vorlesungen. Er schrieb auch nicht an seinen Forschungsprojekten weiter, die wie welkes Herbstlaub auf seinem Schreibtisch und in digitaler Form auf seiner Festplatte herumlagen, während die Fristen für Veröffentlichung und Finanzierung gemächlich vorüberstrichen. M. lag die meiste Zeit im Bett, die Schultern mit einer schweren Wolldecke bedeckt, und starrte aus dem Fenster, untertags auf den eisgrauen Himmel, des Nachts auf den fahlen Schein der Straßenlaterne. Hin und wieder stand er auf, um die notwendigsten Dinge des Lebens zu verrichten. In einem Buch, dessen Titel ihm schon lange entfallen war, hatte er einmal den Satz gelesen, im alltäglichen Kämpfen des Menschen ginge es im Grunde nur um Lebensmittel und Klopapier. M. hatte der Satz gefallen, der Autor wurde kurz danach auf einer Lesung von einer zweitklassigen Lokalredakteurin verrissen, um nur wenige Wochen später wegen Mordes an ihr zu einer jahrzehntelangen Haftstrafe mit anschließender Sicherheitsverwahrung verurteilt zu werden. Nun war dieser Satz M.'s Alltag geworden, wenn er sich die Treppen zu seiner Altbauwohnung herunter und kurz darauf, schwer beladen mit eingekauften Tütensuppen und Unmengen Klopapier, wieder hinaufkämpfte. Seine Mahlzeiten nahm er meist im Wohnzimmer ein, hin und wieder schaltete er dabei den Fernseher ein, um ihn dann schnell wieder auszuschalten, angeekelt von den schlechten Nachrichten aus aller Welt. Es war keine gute Zeit, diese apathischen Tage, aber irgendwie hatte M. das Gefühl, dass er sie benötigte, so, als ob am Ende jener trostlosen Phase die große Erkenntnis auf ihn wartete. Doch es kam keine Erkenntnis, keine Epiphanie, nicht mal eine kleine. Irgendwann wurde er die Untätigkeit leid, wie ein Kranker das Bett, in dem er sich mit der Zeit wund liegt. Er begann, ausgedehnte Spaziergänge zu unternehmen, durch die eisigen Gassen und über die windigen Plätze der Metropole, in der er lebte. Irgendwann in dieser Zeit musste auch der große Wechsel stattgefunden haben, und als er eines Nachts vor die Tür trat, schien das Licht der Straßenlaternen fahler, die Dunkelheit schwärzer, der Schnee mehr schmutzig grau als weiß. Mit dem Verstreichen der Tage gewöhnte sich M. daran, ebenso, wie er sich an seine eigene Einsamkeit gewöhnte. Viele Freunde hatte er nie gehabt, schon während seines Studiums waren die meisten Kontakte mit den Menschen, die er kennenlernte, nach einiger Zeit einfach abgebrochen, im Sande verlaufen, wie Fußspuren bei Anbruch der Flut. Die wenigen Bekanntschaften, die ihm geblieben waren, schüchterne Liebschaften und die unangenehme Vertrautheit gesichtsloser Kameraden, hatten sich mit den Jahren, in welchen er die akademische Leiter emporgeklettert war, immer weiter ausgedünnt. Mit manchen hatte er sich überworfen, andere waren ins Ausland gezogen, als der große Krieg kam, wieder andere waren gestorben. Als er Professor wurde, kannte er bereits keinen seiner jüngeren Kollegen näher. Dennoch hätte er sich in jener Zeit niemals als einsam bezeichnet, die Stunden, die er alleine verbrachte, standen in relativem Verhältnis zu jenen, die er zwangsläufig unter Menschen verbringen musste, in seinen Vorlesungen, im Restaurant oder auf den mit rauem Teppichboden ausgelegten Gängen des Instituts. Es war eine relative Einsamkeit gewesen, die in einem krassen Gegensatz zu der Einsamkeit stand, die M. nun empfand und die eine totale Einsamkeit war, so einsam wie eine Einsamkeit nur sein konnte. Seltsamerweise störte ihn das weitaus weniger, als er vermutet hätte; als Kind hatte er sich immer ausgemalt, wie furchtbar es wäre, allein und unbemerkt zu sterben; nun stand M. oft auf der großen Brücke, die über die Eisenbahnschienen führte. Untertags war sie belebt, zahlreiche Straßenverkäufer und Touristenfänger schwärmten umher, während die Menschenmassen an ihnen vorbeizogen, als wären sie Legion, und junge Pärchen aus für M. unerfindlichen Gründen Vorhängeschlösser an die Geländer hängten. Nachts hingegen war das türkisgrüne Stahlkonstrukt menschenleer, die einzigen Geräusche kamen von den Güterzügen, die langsam und gemächlich unter der Brücke hindurch ratterten.

M. stand oft über den grauen Linien der Gleise, an das rostig kalte Geländer gelehnt, das ihn immer an eine Reling erinnerte, so sehr, dass er manchmal meinte, das Meer rauschen zu hören. Er stand regungslos da, ließ die Kälte in sein Gesicht schneiden, starrte in die Dunkelheit

und fragte sich, ob die Welt ihn vermissen würde, wenn
er jetzt spränge. Es war keine Egomanie, die ihn zu diesen
Überlegungen antrieb, sondern vielmehr ein Gefühl der
Belanglosigkeit, das M. in jenen kalten Nächten befiel, die
Einsicht, dass nicht viel von ihm im Angesicht der Zeit
überdauern würde, lediglich eine menschliche Leerstelle,
ein Haufen wissenschaftlicher Texte, die in irgendwelchen Universitätsarchiven vor sich hin staubten und ein
Name auf einer dunklen Marmorplatte. So sehr ihn diese
unbequeme Frage auch aufwühlte, irgendwo lag auch ein
Quantum Ruhe in den Wogen des Fatalismus, die ihn regelmäßig überspülten wie die aufgebrachte Nordsee den
Deich an einem stürmischen Tag. Wenn M. so dastand,
allein in der Dunkelheit, dann hatte er manchmal das
Gefühl, dass all das gar nicht so real und endgültig war,
wie es ihm immer erschien, als würde er eines Morgens
aufwachen und die Welt wäre wieder auf ihre Ausgangs-
position zurückgedreht. Oft musste er an Heinrich von
Kleist denken, der Kants »Kritik der Urteilskraft« las und
danach sicher war, man könne die wahre Bedeutung des
Lebens erst im Tod erkennen, eine Überzeugung, welche
an seinem Freitod sicher nicht unbeteiligt war. Aber M.
war kein Kleist. Er war auch kein Hunter S. Thompson,
der sich mit 67 einfach so in den Kopf schoss.
Und so brachte er sich nicht um, lebte weiter, von einem
lethargischen Tag in den nächsten. Irgendwann fing er
mit dem Trinken an, weil er entdeckt hatte, dass so die
Gedanken mehr in den Hintergrund traten, auch wenn
sie nie ganz verschwanden. Der Alkohol verkürzte auch

die Wartezeit zwischen Morgengrauen und Abenddäm-
merung enorm, indem er M. kurzerhand mit Watte aus-
stopfte, gnädiger, geräuschs- und emotionsdämmender
Watte. Auf diese Weise musste er nicht den Lärm der
Straße ertragen, die Rufe der Kinder und das Rauschen
der Automobile. Auch das fordernde Klingeln des Tele-
fons und die Schritte auf den ausgetretenen Stufen des
Treppenhauses erreichten ihn nicht mehr. Er saß lediglich da, starrte auf die graue Welt und sog sich voll mit der
bittersüßen Ruhe der Einsamkeit. Es war ein angenehmer
Schmerz, frei von der stechenden Sehnsucht, die ihn in
jungen Jahren immer überkommen hatte. Der Frühling
kam, ebenso unscheinbar, wie der Winter verschwunden
war, und auf einmal fiel der Schnee; große, weiche Flo-
cken segelten tagelang vom Himmel, verstopften Regen-
rinnen und legten den Verkehr lahm. Die Sohlen von M.'s
italienischen Wildlederschuhen hallten nicht mehr von
den Häuserschluchten wider, wenn er zum nahegelege-
nen Supermarkt stapfte, um sich mit dem Nötigsten zu
versorgen. Inzwischen war sein täglicher Bedarf weiter
geschwunden, sah man einmal von den ein, zwei Flaschen Wein ab, die er im Verlauf einiger Stunden leerte.
Zu seiner Verwunderung war die Sorte, für die er sich per
Zufall entschieden hatte, relativ schmackhaft, obgleich sie
beinahe die günstigste war. In M.'s Jugend hatte ein Dop-
pelliter Lambrusco ungefähr zwei D-Mark gekostet, man
hatte davon Kopfschmerzen und Verdauungsstörungen
bekommen, heute kostete ein Liter eines in der Toskana
gezüchteten Chianti dasselbe, inklusive Bio-Siegel für das

schlechte Gewissen des Konsumenten. Es waren Gedankengänge wie dieser, die M. immer wieder unangenehm bewusst machten, dass er in einer Welt lebte, die er nicht mehr verstand. Vielleicht, so vermutete er, war das auch der Grund seiner Lethargie, jenes Unvermögen, dazuzugehören, das ihn bereits als jungen Mann begleitet hatte und nun zu überwältigend war, um es einfach zu ignorieren.

Irgendwann hatte M. genug. Er war es leid, jeden Tag dasselbe zu tun, er wollte nicht mehr trinken, keine Tütensuppen mehr essen, er war sogar seiner eigenen Gesellschaft überdrüssig. Inzwischen war der April angebrochen und der Schnee war ebenso davongeschmolzen wie die Rücklagen auf M.'s Bankkonto. Nach einigen Überlegungen beschloss er, nicht zuletzt mangels Alternativen, wieder in der akademischen Welt tätig zu werden. An die Universität zurückzukehren erschien ihm nicht sonderlich verlockend, außerdem dachten dort wahrscheinlich alle, er wäre tot oder im Exil. Stattdessen nahm er Kontakt zu einigen alten Bekannten auf, die wissenschaftliche Verlage leiteten, und noch bevor der Erste Mai die Proletarier und Proleten auf die Straßen trieb, hatte er mehrere Aufsätze in Anthologien und Halbjahresschriften untergebracht. Der Vorschuss war gering, nahezu lächerlich im Vergleich mit dem, was er zuvor mit seiner Professur verdient hatte, aber es war genug, um einen kleinen Koffer zu packen und auf Reisen zu gehen.

Die nächsten Monate sah M. seine Stadt nur selten, er trieb über den Kontinent, wie ein Schiffbrüchiger auf seinem Floß, besuchte Orte, die er noch von früheren Zeiten kannte und versuchte beharrlich, die Leere in seinem Inneren zu füllen. Die Exotik einer neuen, unbekannten Stadt faszinierte ihn, das Gefühl der Ungewissheit, wenn er die ersten Schritte auf den Bahnsteig setzte, doch mit der Zeit verlor die Eroberung ihren Reiz, wie das Spielzeug eines Kindes in den Wochen nach Weihnachten. Jede Stadt, in die es M. verschlug, empfing ihn mit offenen Armen, und doch wurde sie ihm nach einigen Tagen verleidet. Zwar wurde sie nicht grau wie seine Heimatstadt, aber wohin er sich auch wandte, keine der Städte lud ihn zum Bleiben ein. Oft saß er tagelang im Hotelzimmer, schrieb halbherzige Essays und Artikel, die er per Mail um den halben Erdball schickte, damit sie in irgendeiner philologischen Zeitschrift erschienen, deren Themengebiet so speziell war, dass nicht einmal die Herausgeber sich vollends dafür interessierten. Als auf diese Weise beinahe ein halbes Jahr vergangen war, wurde M. wieder müde. Es war, als hätte er es für kurze Zeit bewerkstelligt, seiner Erschöpfung zu entfliehen, aber zuletzt hatte sie ihn doch wieder eingeholt. Als er während des Flugs nach Hause aus einem unruhigen Schlaf erwachte, war die Welt wieder grau.

M. schreckt hoch, das letzte Würgen des Motors war lauter als die übrigen. Er sieht aus dem Fenster und erkennt den Straßenzug, in dem er lebt. Beim Aussteigen klimpert der Schlüsselbund in seiner Manteltasche und der Koffer mit den vielen Aufklebern aus verschiedenen Hotels schlägt leicht an sein Knie. M. überquert die Straße, in Gedanken rastlos ins Grübeln vertieft und sieht sich plötzlich einem heranrasenden Auto gegenüber.

Einen Moment lang ist er glücklich, weil er heute sterben darf, aber der Moment geht vorbei, der Autofahrer bremst und hupt und M. muss nicht sterben. Noch nicht. Als er sich in das Gewühl auf dem Bürgersteig eingliedert, fallen die ersten Regentropfen aus dem Novemberhimmel.

Emil Fadel, *geboren 1992, studierte Germanistik und lebt in Mainz. 2014 wurde sein Romanentwurf »Schnittblumen machen mich traurig« mit dem Martha-Saalfeld-Förderpreis ausgezeichnet. 2015 erschien die Kurzgeschichte »Walzer in A-Moll« in der Anthologie »Gegend Entwürfe« im luxbooks-Verlag.*

Judith Döker

Bombay

»Hirals Vater ist gerade gestorben. Komm zum Bahnhof Ville Parle. Dort hole ich dich ab«, sagte Nakul und löste damit ein spontanes Unbehagen in mir aus.

»Bist du sicher, dass ich mitkommen soll? Ich kenne die Familie doch kaum«, gab ich zu bedenken.

Nakul und ich hatten uns erst wenige Monate zuvor kennengelernt. Gemeinsam mit seiner verwitweten Mutter lebten wir in Bombay. Alles war rasend schnell gegangen – aus meiner Perspektive. Aus indischer Sicht war es nur schwer zu begreifen, dass wir immer noch unverheiratet waren.

»Komm schon, Du kannst doch morgen weiterarbeiten«, sagte er und ich wusste genau, was in ihm vorging.

Einer der Knackpunkte in unserer Beziehung war, dass er das Gefühl hatte, dass mir meine eigenen Belange oft wichtiger waren als die der Gemeinschaft. Meine Wahrheit war eine andere, aber auch darum ging es mir gerade gar nicht. Hiral war die Ehefrau von Nakuls bestem Freund Nimesh. Ihrer Mutter war ich nur ein einziges Mal begegnet und die Vorstellung, unmittelbar nach dem Tod ihres geliebten Mannes bei ihr im Wohnzimmer aufzuschlagen, kam mir unpassend vor. Ich, die Fremde, befürchtete, die Familie in ihrer Trauer zu stören. Trotz-

dem klappte ich den Rechner zu und machte mich auf
den Weg.

Die Dämmerung hatte schon eingesetzt. Der Rikschafah-
rer bahnte sich mühselig und unter ständigem Hupen
den Weg durch die verstopfte Hill Road Richtung Bandra
Station. Von dort aus nahm ich den Zug. Das waren nur
drei Stationen und ging deutlich schneller, als die gesamte
Strecke mit der Autoriksha zurückzulegen, ganz abge-
sehen von den vielen Abgasen, die man im Feierabendverkehr inhalierte. Auf dem Bahnsteig wurde ich unsanft
von der Menge ins Abteil gedrückt, während mindestens
genauso viele Menschen versuchten, den Zug zu verlassen. Eine ältere Dame in einem pinken Sari bot mir mit
einem freundlichen Kopfnicken die verbleibenden Zentimeter auf ihrer Holzbank an, die eigentlich nur Platz für
drei hergab, aber immer von Vieren genutzt wurde.
Der Fahrtwind brachte eine angenehme Erleichterung
von der drückenden, feuchten Hitze, die das ganze Jahr
über in Bombay herrschte. Aus zweierlei Gründen sage
ich übrigens Bombay und nicht Mumbai: Zum einen benutzen fast alle Inder auch noch den alten Kolonialna-
men. Zum anderen, und das ist der eigentliche Grund,
liebe ich den Klang dieses Wortes. Bombay – das war
aber viel mehr als nur ein exotisch klingender Ort, es war
eine völlig andere Art, dem Leben zu begegnen. Für einen Westler keine leichte Aufgabe. Wer hier versuchte, an
Plänen oder fixen Vorstellungen festzuhalten, scheiterte
gnadenlos. Dieser Moloch lehrte einen Demut und Gott-

vertrauen. Schaffte man es aber, sich darauf einzulassen, konnten wahre Wunder geschehen.

Überhaupt sahen die Dinge oft ganz anders aus, nahm man die westliche Brille ab. Und genau darauf musste ich jetzt vertrauen, denn wohl war mir bei dem Gedanken immer noch nicht, so unmittelbar nach dem Tod eines Menschen in das Refugium seiner nächsten Angehörigen zu dringen. Von Nakul wusste ich, dass Hirals Eltern eine fast symbiotische Beziehung miteinander geführt hatten. Das war auch etwas, was ich in Indien immer wieder beobachtete, dass die Menschen trotz arrangierter Ehen extrem eng miteinander verbunden waren, oder aber – und das war das andere Extrem – einander für immer fremd blieben. Als Hirals Vater vor wenigen Wochen aufgrund eines ominösen Fiebers ins Krankenhaus eingeliefert werden musste, wachte seine Frau Tag und Nacht an seinem Bett – eine Selbstverständlichkeit. Im Krankenhaus ließ man niemanden allein. Zusätzlich wechselten sich im Rotationsverfahren noch seine Tochter Hiral, ihr Ehemann Nimesh und sämtliche Verwandte mit der Nachtwache ab. Tagsüber waren die Frauen damit beschäftigt gewesen, ihm selbst gekochtes Essen ins Krankenhaus zu schmuggeln. Das war strengstens verboten, aber alle waren sich einig: Wenn ihn irgendetwas wieder auf die Beine bringen würde, dann war es ihr home-cooked jain food.

Mittlerweile war es stockdunkel. Ich lief die Treppen des Skywalks hinunter, vorbei an den vielen Marktständen, die noch bis spät in die Nacht geöffnet hatten. Ein Geruch von frisch gebratenen Dosas und Abgasen lag in der Luft. Nakul wartete im Auto auf mich. Er nahm mich fest in den Arm und fragte, was er immer tat, wenn Unstimmigkeiten in der Luft lagen: »Are you still troubled, sweetie?« Ich musste lachen, aber bevor ich überhaupt antworten konnte, drückte er mir schon eine weiße Leggins und ein weißes, baumwollenes Oberteil in die Hand, das er aus meinem Kleiderschrank gefischt hatte.

»Zieh dich doch schnell auf der Toilette um.« Er zeigte auf die McDonald's-Filiale, vor der er geparkt hatte. Den Wagen ließen wir stehen und liefen die letzten Meter bis zum Haus des Verstorbenen zu Fuß, und schlagartig begriff ich, warum er mit meiner Bemerkung, dass ich die Familie doch kaum kenne, nichts anzufangen wusste. Mindestens hundert in Weiß gekleidete Menschen standen in dem kleinen Innenhof und auf der Straße. Auch Nakuls Freunde waren schon da.

»Die Wohnung und das Treppenhaus sind proppenvoll. Wir waren noch gar nicht oben«, begrüßte uns Baby, ein schwergewichtiger Steuerberater, der seinen Kosenamen seiner Frau zu verdanken hatte.

»Ich geh eh nicht hoch«, stellte Kelly, Babys Ehefrau, sofort klar. »Ich kann keine Toten sehen.«

Ich brauchte einen Moment, bis der nächste Groschen fiel: »Hirals Vater liegt oben in der Wohnung?«, fragte ich erstaunt, worauf alle in Gelächter ausbrachen.

»Na, deshalb sind wir doch hier!«, antwortete Nakul. »Sein Leichnam ist eben gebracht worden. Geh hoch und schau ihn dir an. Ich warte hier, mir ist das zu voll.«

Monaz, Nakuls Ex-Freundin, schloss sich mir an. Unten, am Treppenabsatz des alten Steinhauses, türmten sich Berge von Schuhen. Auch wir streiften unsere Sandalen ab, und ich bemerkte, dass mein Outfit ziemlich aus der Reihe fiel. Die Frauen trugen alle weiße Saris, die Männer Kurtas mit weiten Baumwollhosen. Oben, aus der Wohnung, drang ein rhythmischer Gesang, ein Chanten der immer gleichen Worte: »Jai Jinendra, Jai Jinendra, Jai Jinendra.« Die Menschen im Treppenhaus stimmten mit ein, und die Vibration der Stimmen ging mir durch Mark und Bein. Es war ein Eintauchen in einen völlig anderen Kosmos. Schritt für Schritt tasteten wir uns vor bis in den dritten Stock. Ein starker Geruch von Räucherstäbchen waberte durch die Luft, dazu der Rhythmus, der immer intensiver wurde. Sogartig zog es mich in diese andere Sphäre hinein, die etwas Betörendes aussandte und der ich mich kaum entziehen konnte. Mitten im Wohnzimmer lag der Leichnam auf dem Steinboden aufgebahrt, umringt von all den in weiß gekleideten Menschen. Der Rauch und auch der Gesang sollten seiner Seele helfen, alles Irdische zurückzulassen, um den Weg in die geistige Welt möglichst schnell und mühelos anzutreten. Sein Körper war in ein weißes Tuch eingewickelt, nur der Kopf war zu sehen. Auf die Augen hatte man Watte gelegt, die leichte Blutspuren aufwies. Monaz flüsterte mir zu, dass sie ihm die Augäpfel im Krankenhaus entnommen hatten, als Organspende für Blinde. Hiral und ihre Mutter saßen an seinem Kopfende und berührten seine Schultern. Den beiden Frauen war anzusehen, wie erschöpft sie waren. Tränen rannen über ihre Wangen, aber das rhythmische Singen schien ihnen zu helfen, nicht völlig in ihrem Schmerz zu versinken. Das Wiederholen der immer gleichen Worte war wie ein Anker, der an das Hier und Jetzt erinnerte. »Jai Jinendra, Jai Jinendra, Jai Jinendra«, tönte die Menge. Bis auf den letzten Millimeter waren das Wohnzimmer und das Treppenhaus voll mit Menschen. »Jai Jinendra« – das bedeutete so viel wie »Ehre gebührt dem, der sich selbst besiegt«. Damit war der unsterbliche Geist gemeint, der nun das weltliche Ego zu überwinden hatte. Die geballte Kraft der Emotionen packte mich mehr und mehr. Erinnerungen an den Tod meines Vaters wurden wach: die Liebe, die Trauer, aber auch der tiefe innere Frieden, den ich damals zu meiner eigenen großen Überraschung gespürt hatte, nachdem ich jeglichen Widerstand aufgegeben hatte. Und auch jetzt ließ ich langsam, Stück für Stück, die Leinen immer lockerer, und je länger ich so dastand, inmitten all dieser Menschen, inmitten der vielen Stimmen, die sich zu einer einzigen, durchdringenden Kraft gebündelt hatten, desto mehr verflüchtigte sich auch mein Bemühen, mich meinen Gefühlen zu widersetzten. Ich löste mich förmlich auf in der Menge und tauchte immer tiefer in das große Ganze ein, bis ich schließlich mit den Menschen, den Klängen und der Umgebung gänzlich verschmolz. Alles um mich herum wurde zu einem einzigen, pulsierenden Organismus. Und eine tiefe innere Ruhe machte sich breit.

Monaz tippte mir von hinten auf die Schulter und deutete an, dass sie nun wieder nach unten gehen wolle. Ich nick-

te und sagte, dass ich gleich nachkäme. Im Treppenhaus hielt ich den Blick leicht gesenkt – noch viel zu sehr war ich mit dem beschäftigt, was innerlich in mir vorging.
»Warum bist du so emotional?«, fragte Nakul in seiner gewohnt heiteren Art, als ich wieder unten im Kreis der Freunde angelangt war. »Du kanntest ihn doch kaum. Soll einer sagen, wir Inder seien dramatisch!« Alle lachten, mir aber schossen die Tränen in die Augen. Ich wollte den Zustand dieser absoluten Grenzenlosigkeit noch nicht verlassen. Außerdem wurde mir schmerzlich bewusst, welch hohen Preis wir für unseren ausgeprägten Individualismus zahlten. Nakul nahm mich fest in den Arm. Aus den Tiefen seiner Hosentasche beförderte er eine alte Serviette, mit der ich mir, halb lachend, halb weinend, die Tränen wegwischte.
Der mit Blumen geschmückte Leichnam wurde auf einer Bahre aus dem Haus getragen, dahinter die Menschenmenge, in die auch wir uns einreihten. Chantend und Räucherstäbchen schwenkend liefen wir durch die stockdunklen Gassen. An einer Hauptverkehrsstraße mussten wir kurz halten, bis ein paar Männer den Verkehr mit einer Handbewegung zum Stehen brachten. Plötzlich ging ein Raunen durch die Menge und wir alle hielten die Luft an. In der Mitte der Fahrbahn befand sich eine kniehohe Mauer, über die einer der Träger gestolpert war. Für einen kurzen Moment sah es so aus, als ob ihnen der Leichnam von der Bahre rutschen würde. Zum Glück glichen die anderen Träger blitzschnell aus, der leblose Körper wurde noch einmal zurechtgerückt und dann ging es weiter

Richtung Krematorium. Hinter einem großen rostigen Eisentor erstreckte sich ein langer dunkler Weg. Hier kam der Tross zum Stehen und vier Kokosnüsse wurden mit großer Wucht auf den Boden geschmettert, sodass sie zerschellten. Ich spürte Gänsehaut am ganzen Körper. Das Ritual hatte mächtig Eindruck auf mich gemacht, wahrscheinlich, weil es so weit weg von dem war, was ich kannte. Wir setzten uns wieder in Bewegung und näherten uns einer Art riesigem Grill, der unter einer Überdachung stand. Der Leichnam wurde darauf gebettet und jeder bekam nun die Gelegenheit, dem Verstorbenen seine letzte Ehre zu erweisen, indem man seine Füße berührte. Es folgten Reden, Gebete und Gesang. Ein Karren mit Brennholz wurde herangerollt. Wieder reihten wir uns in eine lange Schlange ein und jeder, außer Kelly, die das Geschehen aus einem Sicherheitsabstand beobachtete, legte einen Holzscheit auf dem leblosen Körper ab. Mir schauderte schon bei dem Gedanken, was wohl als nächstes passieren würde. Die Männer vom Krematorium griffen zu großen Kanistern, in denen sich flüssiges Ghee befand. Das ayurvedische Fett gossen sie über das Holz und den Toten. Dann reichten sie Hiral und ihrer Mutter den ersten brennenden Scheit, mit dem sie gemeinsam das Feuer entfachten. Nimesh stand hinter den beiden Frauen und stützte sie. Innerhalb weniger Sekunden schlugen die Flammen hoch, und dicke schwarze Rauchwolken stiegen auf, erst unter das Dach und dann hinein in die dunkle Nacht. Ein beißender Geruch lag in der Luft. Innerhalb weniger Minuten zerfiel der menschliche Körper vor unseren Augen zu Asche. Eindrücke, die sich mir wohl für ewig ins Gedächtnis einbrannten.

»Hast du auch Hunger?«, fragte Nakul.

Ich sah ihn entgeistert an, denn ich war von den Ereignissen, die sich mir so unerwartet präsentiert hatten, noch völlig paralysiert.

»Das Wichtigste ist vorbei. Jetzt folgen nur noch ein paar Gebete auf Gujarati«, schickte er erklärend hinterher.

»In Ordnung«, sagte ich und warf noch einen letzten Blick auf das Geschehen, bevor ich mich bei ihm unterhakte.

Erst als wir schon fast wieder die McDonald's-Filiale erreicht hatten, bemerkte auch ich, wie hungrig ich eigentlich war.

»Wollen wir einfach hier reingehen?«, schlug er vor.

In wenig schmeichelhaftem Neonlicht verschlangen wir vegetarische Paneer-Burger, mehrere Portionen lauwarmer Pommes Frites und Eiscreme zum Dessert. »Tat das gut«, sagte ich, während wir noch den letzten Rest Schokosauce aus dem Eisbecher kratzten. Selten hatte ich mich in einem amerikanischen Schnellrestaurant so heimisch gefühlt.

Judith Döker, geboren 1973 in der Nähe von Köln, lebt in Berlin. Sie arbeitet als Schauspielerin, Autorin und Fotografin. Verschiedene Auszeichnungen, zuletzt: »Honorable Mention« der International Photography Awards 2016 in

Los Angeles für ihre Porträts von Obdachlosen in Kalkutta. 2012 zieht sie für zwei Jahre nach Mumbai. Ihr autobiografisches Buch »Judith goes to Bollywood« erschien 2015 im btb Verlag.

Mark Horyna

Mittwochs – voll der Gnade

Ich kann sie tuscheln hören. Eigentlich immer. Selbst wenn sie nicht da sind. Fett. Das sagen sie. Fett. Recht haben sie. Ich bin fett. Sehr fett. Viel zu fett. Und blass. Sehr blass. Ich bin fett und blass. So fett, dass ich mich bei den seltenen Spaziergängen in dieser fremden kleinen Stadt, mit den fremden Menschen und ihrer fremden Sprache von meiner fetten Spiegelung in den Schaufenstern abwende. Ich bin so fett und so blass, dass die sowieso schwachen Konturen meines teigigen Gesichts unter dem erbarmungslosen Licht des Badezimmerspiegelkabinetts verschwimmen und mein eh schon nichtssagendes Antlitz eine unangenehm überstrahlte Flächigkeit bekommt, aus der mich blaue, hoffnungslose Augen jeden Tag verzweifelt aufs Neue anstarren. Was tue ich hier? So fett und blass.

Der Sommer kündigt sich an. Draußen im Hof ist es warm. Von da kann man durch die Fensterscheiben gedämpft fremd klingende, fröhliche Kinderstimmen hören. Sie spielen, die anderen. Sie sind fröhlich.

Auch hier ist es warm. Sehr warm. Ich schwitze unter dem braunen Polyesterkringelpulli, den man mir wie zum Hohn heute Morgen hingelegt hat und der viel zu eng meine unübersehbaren Brüste zwickend umklammert. Der Pullover sitzt so knapp, dass sich das Feinrippunterhemd durch den Stoff abzeichnet. Die Träger des Unterhemds sind auf meinen Schultern zu sehen. Sie schneiden in das überflüssige Fleisch. Unter dem brauen Pullover sehen meine Schultern aus wie die Höcker eines Dromedars. Die haben ja zwei Beulen auf dem Rücken. Das Kamel hat nur einen Höcker. Das ist der Unterschied.

Unter dem Pulli läuft mir der Schweiß in Bächen hinab zu dem hoch sitzenden Hosenbund, der meinen übergroßen Bauch einengt. Mein Gürtel ist nicht aus Leder. Er soll zwar so aussehen, ist er aber nicht. Er ist aus Plastik.

Man kann anhand der ausgeleierten Löcher im Gürtel sehen, wie sehr ich in den letzten Monaten zugenommen habe. Die Löcher sind nicht mehr sauber gestanzt und rund. Die Löcher sind ausgeleiert, sie ziehen sich in die Länge. Das braune Material dehnt sich im Kampf gegen den schwellenden Bauch aus. Neulich habe ich heimlich mit meinem Taschenmesser neue Löcher in den Gürtel gebohrt. Das taugt natürlich überhaupt nichts. Die selbst gemachten Löcher dehnen sich noch schneller aus als die vom Hersteller gestanzten. Bald werde ich einen neuen Gürtel brauchen. Die Cordhose ist ja auch neu. Die haben wir schon einige Nummern zu groß gekauft. »Damit du hineinwachsen kannst!«, hat meine Mutter gesagt. Blöd. Wir hätten gleich einen neuen Gürtel kaufen sollen. Dann wäre das nicht aufgefallen, dass ich schon wieder so zugenommen habe. Aber irgendwie war das ganze Hoseneinkaufen in der Stadt unangenehm genug. Da wollte ich nicht auch noch einen neuen Gürtel kaufen müssen. Ich bin ja schon bei der Hose nicht mehr in der Kinderabteilung fündig geworden. Die hat nämlich eine Angestellte des Kaufhauses aus der Herrenabteilung geholt, während ich wartend in der Umkleidekabine stand und meine dicken Beine im Spiegel betrachten musste. Die Verkäuferin und meine Mutter hatten gelacht. »Macht nichts! Du bist halt schon fast ein Großer!«, hatte die Dame aus dem Verkauf gesagt, ich verstand nur die Hälfte. Ihr Deutsch war von dem schweren bairischen Akzent verstellt, den die Leute hier sprechen. »Da machen wir die Beine ein wenig kürzer und schon ist's gut«, hatte sie dann aufmunternd zwinkernd gelächelt, während sie auf dem Boden kniete und mir gefühlt 50 cm vom Hosenbein abmaß. Ich kam mir nicht wirklich vor wie ein Großer. Ich starrte auf die kniende Frau im Spiegel und war verwirrt. Der Haaransatz der Verkäuferin war dunkler als ihre blonden Haare. Nahe der Kopfhaut konnte ich einzelne graue Strähnen sehen. Offensichtlich färbte oder tönte diese Frau ihr Kopfhaar, um anders, vielleicht jünger auszusehen. Das funktionierte natürlich nur bedingt. Das Gesicht verriet sie. Denn obwohl sie sich stark geschminkt hatte und eigentlich fast bunt aussah, konnte die ganze Farbpalette nicht über die Tatsache hinwegtäuschen, dass sie alt war. Sie versuchte sich zu tarnen. Nichts war gut.

Ich dachte darüber nach, wie ich meinen fetten Körper tarnen konnte. Graue Haare kann man übertünchen, Falten kann man wegschminken. Wie konnte ich mein Fett verstecken? Wie konnte ich mein Anschwellen tarnen. Wie, wenn man doch täglich mehr Raum einnahm, konnte man kleiner werden? Innen vielleicht. Wenn man außen immer größer wird, kann man vielleicht innen immer kleiner werden. Dann sehen sie einen nicht mehr, dachte ich also, als diese Frau mir die Hosenbeine abmaß und ich verstand, dass ich niemals wieder in der Kinderabteilung einkaufen würde. Ich war halt schon fast ein Großer! Undenkbar in der Situation die blond verfärbte, bunte Verkäuferin nach einem Gürtel zu fragen. Das alles war sowieso schlimm genug. Das alles war ja peinlich. Mir und auch meiner Mutter, die immerzu nervös lachte.

Die selbst gemachten Löcher an dem alten Gürtel verraten mich. Ich nehme zu. In einer Art, dass ich es selbst von Tag zu Tag sehen kann. Ich meide den Blick in den Spiegel. Ich will mein teigiges Gesicht nicht sehen. Will nicht an mein ständiges, mein unanständiges, aufdringliches Aufquellen erinnert werden. Ich will das nicht sehen.

Die Luft in dem Raum ist stickig und warm. Zu warm, als hätte man die grauen Heizkörper angelassen, die unter der Fensterfront zum Hof angebracht sind. Ich sitze mit dem Rücken zum Hof am Ende einer Reihe aneinander geschobener Tische, die zusammen eine Art Tafel ergeben. Hier wird mittags gegessen. Es gibt drei dieser

Tafeln. Und ich sitze an der mittleren. Ich habe mir den Platz nicht ausgesucht. Ich wurde hier hingesetzt. Wollte ich aus dem Fenster schauen, müsste ich mich umdrehen. Das aber ist verboten. Umdrehen verboten, hat man mir gesagt. Du darfst dich nicht umdrehen. Warum, wurde mir nicht erklärt. Man spricht hier mit mir, als wäre ich dumm, nicht nur fremd.

Gelegentlich klopft es an der Fensterscheibe. Kleine Kinderhände, die gegen das Glas hämmern. Dieses Klopfen wird draußen sofort unterbunden. Schrille Frauenstimmen weisen die Hände streng an, sich vom Fenster fernzuhalten. Es ist beinahe unmöglich, sich nicht umzudrehen, wenn geklopft wird.

Wie sollte man da nicht hinsehen wollen. Aber es ist verboten. Ebenso ist es verboten, von außen an die Scheibe zu klopfen. Aber auch das ist quasi überhaupt nicht zu vermeiden. Es sind Impulse, die kann man nicht kontrollieren. Das Klopfen, wie auch das sich umdrehen. Absolut unmöglich, sich gegen die Versuchung zu wehren.

Schon aus den Augenwinkeln kann ich sie sehen. Ihre freundlichen Augen durchbohren mich. Schwester Christiane schüttelt bedauernd den Kopf. Es war ihr wohl klar, dass ich sie enttäuschen würde. Dass sie sich auf mich nicht verlassen kann. Verschämt drehe ich mich wieder um und blicke in den Raum. Auf die Wand. Im Umdrehen sehe ich eine verzerrte Gestalt. Sie wirkt bucklig und verschüchtert. Meine Reflexion duckt sich weg und versteckt sich vor dem eigenen Blick.

Meine Hände mit den dicken Fingern, die sich bald wieder zum Gebet falten sollen, liegen in meinem Schoß. Meine Finger sind natürlich auch blass. Vielleicht noch blasser und teigiger als mein Gesicht. Auf jeden Fall sind sie nicht ganz so blass wie das fast weiße, schwitzende Fleisch unter dem Kringelpulli. Die Fingernägel dieser Stummelfinger sind bis auf das wunde Nagelbett abgekaut. Die Haut um die Nägel ist rosa. An den Stellen, wo sie durch mein dauerndes Piddeln und Kauen eingerissen ist, blutet sie hin und wieder. Die Haut meiner Finger entzündet sich natürlich regelmäßig. Meine Mutter schimpft dann und ist ratlos. Meine Mutter ist eh ratlos. Sie zeigt es aber nicht. Das heißt, natürlich zeigt sie es, aber sie versucht sich die Ratlosigkeit und ihre Unfähigkeit nicht anmerken zu lassen. Wenn man sie dann fragt, was los ist, sagt sie immer den gleichen Satz: »Nichts, was soll denn los sein?« Ich könnte antworten, aber das würde nichts bringen.

Draußen spielt das Sonnenlicht mit den Blättern. Winzige Schatten und Lichtreflexion flirren auf der weißen Oberfläche des Tisches und werfen schöne Muster an die ebenfalls weiße Wand. Ich starre auf diese filigranen Lichtspiele und bilde mir ein, ich könne sie kraft meiner Gedanken verändern.

Bald wird man mich erlösen.

Vor mir liegt ein Löffel, ein Suppenlöffel. Rechts neben einem Suppenteller. Unangetastet. Ich werde ihn auf keinen Fall anfassen. In dem Teller liegt eine längst erkaltete weiße Masse, die entfernt an Froschlaich erinnert. Inmitten des glibberigen Breis schwimmen, von einer rostfarbigen Flüssigkeit umrahmt, zwei dunkle Köttel, die man hier Dörrobst nennt.

Die Frauen haben mir zu verstehen gegeben, dass ich erst aufstehen kann, wenn das, was in dem Teller liegt, gegessen worden ist. Es ist nicht so, dass ich das nicht probiert hätte. Schon als der Brei zum ersten Mal serviert wurde, habe ich es versucht. Aber es ging nicht. Der Würgereiz war zu groß. Ich konnte den Brei nicht schlucken und habe den kleinen Bissen unauffällig zurück auf den Löffel gleiten lassen, ihn wieder auf den Teller geschoben und den Löffel dann beiseite gelegt. Das war vor drei Wochen. Ich kann das nicht essen. Reisbrei und Dörrobst.

Schon wieder ein Wort, das klingt, aber keinen Sinn ergibt: Dörrobst. Ich bin ratlos. Das Wort »Dörrobst« lässt mich ebenso ratlos zurück wie das Wort »gebenedeit«, das immer wieder hier zu hören ist. Bei Dörrobst kann ich mir inzwischen wenigstens etwas vorstellen. Aber was um alles in der Welt soll gebenedeit heißen?

Das Lärmen der Kinder, die ich zwar hören kann, aber nicht sehen darf, ebbt ein wenig ab. Frauenstimmen befehlen das Ende der Spielzeit. Ich höre, wie die Kinder wieder in das Haus kommen. Wie sie ihre Schuhe an der Garderobe ausziehen und in ihre Puschen schlüpfen. Sie lachen und scherzen miteinander. Bald gehen sie alle nach Hause. Die Nonnen huschen sie in die Gruppenzimmer. Die Hausaufgaben sind erledigt, alle waren draußen. Meine Hausaufgaben warten noch auf mich. Ich war nicht draußen.

Am Kopfende der Tafel neben mir sitzt ein Junge. Er ist nicht zu fett, er ist nicht zu blass. Im Gegenteil, er ist schön. Andere Kinder nennen ihn manchmal »braun«, obwohl er überhaupt nicht braun ist. Oder auch Itaker. Anders als Dörrobst oder gebenedeit, hat das Wort »Itaker« Sinn. Jemand hat mir mal erzählt, Itaker sei eine Insel in der Türkei, oder in Griechenland. Auf jeden Fall aber nicht in Italien. Der Junge, der neben mir sitzt, ist aber Italiener. Das kann man leicht an dem blauen Hemd erkennen. Ein Fußball-Trikot. »Italia« steht da drauf.

Während ich also dasitze und abwechselnd auf meine halb aufgefressenen Finger und die Blätterlichtspiele auf der Tischplatte starre, sitzt dieser Junge, dessen Name ich nicht kenne, neben mir und blickt ins Leere. Kurz nur treffen sich unsere Blicke. Seine Augen sind braun, warm und traurig. Er lächelt schüchtern, bevor er sich wieder abwendet. Auch vor ihm steht ein Teller Reisbrei. Auch er hat den Teller nicht angerührt.

Die Uhr zeigt 15:45. Bald ist es Zeit zu gehen. Eine Frau im Kittel, die in der Küche aushilft, wird den Raum betreten und missbilligend auf unsere unangetasteten Teller blicken. Seufzend wird sie den Brei abräumen und den Raum wieder verlassen. Dann wird sie eine Schwester holen, die uns entlässt.

Bevor man nach Hause geht, beten alle in der Gruppe »... und gebenedeit ist die Frucht deines Leibes ...«. Frucht und Obst hängen irgendwie zusammen. Ich frage mich, ob Dörrobst gebenedeit sein kann. Und ob Dörrobst die Frucht ihres Leibes ist. Es ist Mittwoch. Es ist Breitag.

Meine Mutter ist in einem leisen Gespräch mit Schwester Christiane vertieft, während ich meine Schuhe binde. Die Schwester trägt ein schwarzes Kleid und ein Kopftuch mit einem weißen Stirnband. Sie ist hoch gewachsen und schlank und alt. Sie trägt ein Kreuz an einer Kette um den Hals. Wenn sie sich bewegt, schlägt das Kreuz gegen ihre große Brust. Sie trägt schwarze Sandalen und dicke Strümpfe, egal wie warm das Wetter ist. Meine früheren Lehrerinnen trugen Blumenkleider im Sommer; ihre Arme waren nackt und sie rochen gut nach Sonnenschein und Gras und manchmal nach Parfüm oder Seife. Schwester Christiane riecht nicht so.

Die Schwester ist freundlich und streng, zum Abschied streicht sie mir über die Haare. Trotz ihrer ausgestellten Nettigkeit fürchte ich mich vor der Nonne. Alles an ihr ist fremd und beängstigend. An der Hand meiner Mutter verlasse ich den Hort.

Vor dem Gebäude steht ein Auto. Der Italiener sitzt auf dem Beifahrersitz. Er ist klein und kann kaum aus dem Fenster schauen. Sein Vater, ebenfalls feingliedrig, schön und schlank, sitzt neben dem Jungen. Er schimpft lautstark. Die Fenster des Autos sind geschlossen. Das Schreien des Vaters dringt nur gedämpft nach draußen. Der Junge sieht mich und hebt die Hand zum Gruß. Vorsichtig winke ich zurück. Der Vater des Jungen soll mich nicht sehen. Meine Mutter freut sich, dass ich einen Freund gefunden habe. Ich weiß nicht so recht.

Es ist nicht lange her. Orangefarbenes Licht huscht über uns hinweg, den Innenraum des Autos rhythmisch beleuchtend, in schnellen, regelmäßigen Abständen. Das Geräusch der belgischen Autobahn beruhigt. Ich liege mit meinem kleinen Bruder hinten im Laderaum unseres alten Combis. In einem fahrenden Lager aus Kissen und Decken. Eingewickelt in einen Schlafsack spüre ich jede Unebenheit der Straße und höre das Rauschen des Asphalts unter den Rädern des durch die Nacht nach Süden gleitenden Wagens. Gelegentlich werden wir überholt, dann verändert sich der Klang der Straße. Mein Bruder schnarcht. In seiner Nase wuchern Polypen. Er macht Geräusche wie ein alter Mann.

Wir fahren in ein neues Leben. Wir fahren nach Deutschland, wo wir zu Hause sein werden. Mein Bild von Deutschland ist diffus. Dort wohnt meine Oma mit dem Mann, den meine Mutter »Deddy« nennt, der aber nicht ihr Vater ist. Oma und Deddy leben in einer winzigen Wohnung in einer Kopfsteinplasterstraße inmitten einer riesigen Stadt, die nach Ruß und Kohle riecht. Sie verlassen ihre Wohnung so gut wie nie. Immerzu läuft der Fernseher, der über einen Kasten fernbedient werden kann. Es gibt Programme, die ich von zu Hause kenne. Aber die Leute sprechen Deutsch und ich kann sie nicht verstehen. Überhaupt verstehe ich nicht, wie es sein kann, dass die Menschen im Fernseher Deutsch sprechen, obwohl die gleichen Leute zu Hause bei uns im Fernsehen Englisch reden. Die Leute zu Hause haben auch keine Fernbedienungen um umzuschalten. Zumindest die nicht, die wir kennen. Meistens müssen die Kinder aufstehen, wenn einer der Erwachsenen den Kanal wechseln will. Die Straßen der Stadt, wo meine Großeltern wohnen, sind breit und grau, es gibt viel Hundedreck, ich finde das seltsam, denn Hunde sieht man so gut wie nie.

Die Bäume sind grau wie die Häuser, wie der Straßenbelag und der Hundedreck. Wenn man Gras sehen will, muss man einen langen Weg laufen, um in einen Park zu gelangen. Dort aber gibt es sogar einen See. Im Park scheint die Sonne. Auf dem See fahren Boote. Die werden auch ferngesteuert. Erwachsene Männer lenken die Boote vom Ufer aus. Ich wundere mich, warum sie nicht arbeiten. Sie sitzen in Gruppen zusammen und fachsimpeln. Manche Boote sind flink und wendig, sie flitzen wie Rennautos über das trübe Wasser des Sees, andere haben Wasserkanonen an Bord, welche die Männer offenbar brauchen, um Spaziergängerinnen am Ufer aus der Ferne nass zu spritzen. Die Mädchen kreischen, wenn sie getroffen werden. Ältere Damen schimpfen. Die Männer scheinen sich daran nicht zu stören.

An der Ecke zur nächsten Straße steht eine Art Hütte. Dort trinken andere Männer schon am Nachmittag Alkohol. Meistens Bier. Meine Mutter wechselt mit uns die Straßenseite, wenn wir an der Hütte vorbeikommen. Die Männer machen ihr Angst. Auch wir sollen uns fernhalten. Bunte Züge fahren durch die Straßen der Stadt. Manche haben Hirschgeweihe aufgemalt. Auf den kleinen Flaschen, welche die Männer zum Bier dazubestellen, ist dasselbe Bild. Ich verstehe zwar nicht warum, aber so ist das. Wenn man in eine Bahn steigen will, muss man sich beeilen, die Treppe hochzukommen. Hier bildet niemand eine Schlange, hier steht niemand an. Die Leute drängeln sich in Trauben an den Eingängen und schieben sich gegenseitig weg, um in die Tram zu steigen, die nachdem sie losgefahren ist, ruckartig durch die Stadt holpert. Die Sitze sind hart und unbequem, und wenn man keinen Platz ergattert hat, ist es schwierig, sich in dem schwankenden Wagen auf den Beinen zu halten.

Zum Frühstück gibt es in Deutschland eine braune Nusscreme. Nutella heißt sie. Auf Toast beginnt die Creme schnell zu schmelzen. Sie verklebt einem die Finger und lässt sich nur schwer ablecken. Mein Vater hat mir erzählt, dass man in Deutschland seine eigenen Stifte und Hefte mit in die Schule bringen muss. Das hat mich seltsam beunruhigt und ich hatte tagelang Angst, ich würde meine Sachen verlieren oder gestohlen bekommen.

Fast alle Menschen in Deutschland scheinen in Wohnungen zu leben. Kaum jemand hat einen Garten. Wenn man klingelt, kommt niemand zur Tür. Nur ein leises Summen ist zu hören. Dieses Summen zeigt an, dass die Türe nun durch Druck geöffnet werden kann. Wenn man das nicht weiß, kann es dauern, bis man in ein Haus kommt. Manchmal gibt es sogenannte Gegensprechanlagen, in die man dann hineinreden soll, damit die Tür aufgeht. Auch in dieser Hinsicht ist es zu Hause besser. Da kommt jemand zur Tür und macht sie auf. Was soll man in eine Gegensprechanlage auch hineinantworten, wenn man die Sprache nicht spricht?

»Now ve aar in Germany, son! Now ve speak German!«, ist der letzte Satz, den ich meine Mutter auf Englisch sagen höre. Wir haben soeben die Grenze überquert und ab jetzt soll Deutsch unsere Sprache sein. Deutsch allerdings ist die Sprache des Streits und der Geheimnisse. Deutsch wurde bisher zu Hause nur gesprochen, wenn die Eltern Meinungsverschiedenheiten hatten oder etwas vor uns

Kindern verborgen bleiben sollte. Streit und Geheimnis. Geheimnis oder Streit. Ansonsten war Deutsch tabu. Ab der Grenze ist alles anders.

Wieder Mittwoch. Wieder Breitag. Wieder einmal sitzen ich und der Italiener alleine da, nachdem alle den Speisesaal verlassen durften. Wieder stehen Teller vor uns. Heute gibt es Griesbrei mit einer schleimigen gelben Masse. Wieder werden wir nicht essen, bis man uns erlöst.

Aber heute ist alles ein wenig anders. Der Italiener hat mir seinen Namen genannt. »Pino«. Ich lasse das einsinken. Pino, wie Pinocchio ... eine lügende Holzpuppe, die ein Mensch sein will. Der Junge hat auf sich gedeutet, sich mit der rechten Hand an die Brust gefasst, mehrfach genickt und zweimal Pino gesagt. »Pino, Pino!« Bevor ich antworten kann, taucht eine der jüngeren Schwestern in der Türe auf und blafft den mir nun als Pino bekannten Jungen an. »Pino, Du weißt, das geht nicht ...« Pino nickt und blickt ertappt wieder nach vorne. Heute scheint die Sonne nicht, draußen auf dem Hof spielen nur wenige Kinder. Keine Schattenspiele oder Lichtreflexionen an der Wand oder auf der Tischplatte. Keine Möglichkeit sich wegzudenken. Nach einer Stunde schiebt Pino den noch vollen Teller von sich. Ganz gewiss wird er auch heute nichts essen. Die Zeit verlangsamt sich. Die zwei Stunden und 45 Minuten, bis wir aufstehen dürfen, scheinen nie enden zu wollen. Als die Frau mit dem Kittel und dem genervten Gesichtsausdruck in den Raum schlurft, tut mir vom Sitzen alles weh. Ich muss pinkeln. Im Vorbeigehen flüstere ich Pino meinen Namen zu. Zweimal. Zur Sicherheit zeige ich auf mich. Er lächelt.

Pinos Vater steht kleinlaut vor der jungen Nonne, die die Gruppe seines Sohnes betreut. Der Mann muss sich offensichtlich eine Beschwerde anhören. Von der Garderobenbank, wo ich sitze, kann ich sehen, dass er sich entschuldigt. Devot druckst er herum, als wäre ihm etwas peinlich. Ich beobachte verstohlen, wie er niedergeschlagen mit seinem Sohn den Hort verlässt, als sich Schwester Christiane zu mir herunterbeugt. Sie reicht mir meinen Schulranzen. Sie lächelt aufmunternd. Sie ist freundlich und macht mir Angst.

Meine Mutter hält es für eine gute Idee, dass ich den Religionsunterricht besuche. Auch Schwester Christiane findet das gut, sagt meine Mutter, als ich ihr verzweifelt erkläre, dass ich den Religionsunterricht nicht besuchen möchte. Ich verstehe nicht, was der Mann, den sie Herrn Pfarrer nennen, von mir will. Die anderen werden bald ihre erste Kommunion haben. Sie werden eine Party feiern und tolle Geschenke bekommen. Teure Geschenke. Ich nicht. Trotzdem soll ich an dem Unterricht teilnehmen. Das wird gut für mich sein, hat die Nonne mit meiner Mutter beschlossen, das hilft sicher dabei mich einzuleben. Der Religionsunterricht allerdings ist beunruhigend. Ich verstehe so gut wie nichts davon, was gesagt und getan wird. Kommunion, Katechismen und gebenedeit. Immer wieder gebenedeit. Es wird auch von einer Beichte gesprochen. Da soll einem die Schuld genommen werden. Der riesige Priester macht mir Angst, er hat Pranken wie Bratpfannen, mit denen er ständig auf eine fürchterlich verzerrt wirkende, am Kreuz hängende Jesus-Figur oberhalb der Schultafel zeigt. Jesus ist ausgemergelt und zerschunden. Sein im Schmerz aufgerissener Mund ist fürchterlich anzusehen.

Ich reagiere mit Nasenbluten auf die bloße Anwesenheit des Pfarrers. Er schickt mich in die Garderobe. Dort soll ich still auf dem Rücken liegen und warten, bis das Nasenbluten vorbei ist. Vermutlich ist er froh, wenn ich nicht in seinem Unterricht sitze, mit meinem stumpfen, ahnungslosen Blick und dem blutigen Taschentuch im Gesicht. In dem engen Raum liegend, auf der harten Bank, fühle ich mich wohler. Aus dem Klassenraum dringen dumpf die Stimmen der anderen, »... bitte für uns Sünder jetzt und in der Stunde unseres Todes ...«. Die Decke der Garderobe ist fleckig. Wie kleine braune Inseln sehen die Flecken aus. Ich fliege auf dem Rücken liegend unter diesen Inseln hinweg. Die Klingel reißt mich aus dem Tagtraum. Pause.

Zwei Buben aus einer anderen Klasse haben mich auserkoren. Wenn ich auf den Hof hinausschwabble, fangen sie mich ab. Es gibt kein wirkliches Entkommen. Ich versuche, sie zu ignorieren, aber sie lassen nicht locker. Wegrennen hilft auch nichts. Die beiden sind zu schnell und können mich leicht wieder einfangen. Ihr Bairisch kann die Grausamkeit ihrer fies herausgepressten Worte nicht verbergen. Sau. Qualle, Fettsack. Ich bin ein leichtes Opfer. Ich kann mich nicht wehren. Wenn sie mich schubsen, falle ich um. Ich bin nicht sonderlich standfest. Als wollte ich am Boden liegen und getreten werden.

Es ist wieder Mittwoch. Morgens. Mit dem Finger, den ich mir in den Hals ramme, bis das hastig hinuntergeschlungene Nutella-Brötchen wieder aus dem Schlund geschossen kommt, versuche ich eine Krankheit vorzutäuschen. Auf die Ausrede mit der Erkältung und den Ohrenschmerzen fällt meine Mutter nicht mehr rein. Ich bin ungeschickt und dass ich immer mittwochs krank bin, ist natürlich aufgefallen. Jetzt müssen andere Mittel her. Ich denke, wenn ich mich übergebe, wird sie mich vielleicht zu Hause lassen. Das halb herausgewürgte Brötchen und der Kakao bleiben mir im Hals stecken, aber ich zwinge mich dazu, die Finger tiefer in den Rachen zu schieben. Mein Magen rebelliert, als ich schlucken muss. In einem braunen Strahl platzt das Frühstück schließlich wieder aus mir heraus. Teile des Brötchens und der Kotze spritzen auf den Ärmel meines Nicki-Pullovers. Es klopft an der Tür. Ich soll mich beeilen. Es ist Zeit zu gehen. Meine Mutter will meinem Winseln nicht nachgeben. »Ich bin doch nicht blöd!«, sagt sie. »Ich bin doch nicht blöd!« und »Du bist nicht krank ...«. Auch wenn ich nach Übergebenem rieche, ich muss in die Schule. Heute bin ich also nicht nur fett und blass, sondern stinke auch nach Kotze. Nächste Woche versuche ich es wieder mit Ohrenschmerzen.

Die Pausenklingel schrillt durch das Bubenklo im ersten Stock der Schule. Hier habe ich die letzte Viertelstunde ausgeharrt. Die beiden Jungs aus der Nebenklasse, vor denen ich mich hierhin verschanzt habe, sind endlich weg. Ich öffne die Türe zur Kabine und sehe mich um. Niemand da. Nur mein Spiegelbild. Ich ducke weg und beeile mich, in die Klasse zu kommen. Im Gang lauern mir die beiden auf. Das übliche: Fettsau, Qualle, Dicker ..., ich versuche, mich vorbeizuschieben. Aber der kürzere der zwei hält mich fest. Er ist mindestens einen Kopf kleiner als ich. Sein Blick ist kalt und mitleidlos, und wenn mich seine kleinen Hände beißend festhalten, falle ich in eine Art Schockstarre. Lediglich ein gestammeltes »Bitte« kommt mir leise über die Lippen. Ich kann mich nicht rühren. Der größere von beiden, auch er kleiner als ich, zwickt mir in die Brust. Klemmt mein Fleisch zwischen Daumen und Zeigefinger. »Du hast ja Titten wie meine Schwester!«, lacht er. Ich beginne theatralisch zu wimmern, in der Hoffnung, sie ließen mich dann aus Mitleid gehen. Wie bei den Affen in der Fernsehsendung neulich. Wenn sich ein Affe dem anderen unterwirft, lässt der stärkere vom Unterlegenen ab. Doch das funktioniert nicht in dieser Grundschule. Der Kleine fragt: »Willst a Watschn?« Ich verstehe, was er meint und lache unsicher. Schon schlägt er mit der flachen Hand zu. Sein Freund lacht. Ich hoffe verzweifelt, sie werden von mir ablassen. Der Unterricht beginnt. »Machs Maul auf,

Fettsack!«, befiehlt der Kleine. Ich öffne wie ferngesteuert den Mund. Er packt meinen Unterkiefer, brutal, wie man ein Tier packen würde. Tief aus seiner Kehle holt er lautstark Rotz herauf. Ich schließe reflexartig Augen und Mund. Er spuckt mich an. Ich spüre den Rotz auf meinen Augenlidern und auf der Nase. In der blinden Dunkelheit hinter meinen geschlossenen Augen gibt es einen plötzlichen Tumult. Eine heftige Bewegung, etwas zerrt an uns. Der Größere schreit auf: »He, was solln des?« Sie lassen von mir ab. Als ich den Rotz wegwischend die Augen öffne, kann ich sehen, wie sie einer blauen Gestalt hinterherrennen, die schnell um die Ecke in den nächsten Flur verschwindet.

Am Tisch in der Küche sitzend starre ich meine Hausaufgaben an. Religion. Meine Mutter backt – Marmorkuchen. Am Nachmittag musste ich wieder vor dem Brei ausharren. Ich habe einen riesigen Hunger, traue mich aber nicht, das zu sagen. Sonst weiß meine Mutter, dass ich mich im Hort gegen die Regeln auflehne und das soll sie nicht wissen. Es ist ja eh schon alles schwierig für sie. Eh schon so, dass vieles sie ratlos macht. Außerdem scheinen ihr die Schwestern noch nichts von meinem Widerstand erzählt zu haben. Und das, obwohl Pinos Vater Woche für Woche von den Nonnen wegen des »schlechten« oder »aufmüpfigen« Benehmens seines Sohnes zur Schnecke gemacht wird. Als Pino und ich heute Mittag wieder vor dem Mittwochsbrei saßen, habe ich mich bedankt. Dafür, dass er mich vor den Jungs aus der Parallelklasse gerettet hat. Er lächelte. Aber irgendwie hatte ich das Gefühl, er wusste nicht genau, wovon ich sprach. In den Hausaufgaben kommt wieder dieses Wort gebenedeit vor. Ich frage meine Mutter, was das Wort bedeutet. Sie nimmt das Heft in die Hand und starrt auf meine unordentliche Schrift. Meine Mutter legt das Heft hin und schüttelt den Kopf. Nein, da muss ich mich verschrieben haben. Das Wort gibt es nicht. Wenn ich mir in der Schule mehr Mühe geben würde, wäre das schon gut. Bei der Sauklaue sei es ja kein Wunder, dass man die Worte nicht lesen kann. Die Leute wollen, dass man sich Mühe gibt. So eine Schrift hilft da nicht wirklich. Meinen Einwand, dass gebenedeit wirklich ein Wort ist, lässt sie nicht gelten. Trotzdem darf ich die Teigreste aus der Schüssel kratzen.

Nachts höre ich, wie Mutter mit meinem Vater telefoniert. Der ist in einer anderen Stadt und sucht nach Arbeit. Sie klingt traurig. Ich bin es auch. Traurig und fett, »… und gebenedeit ist die Frucht deines Leibes!« Im Zimmer nebenan höre ich meinen Bruder unruhig schlafen. Seine Schnarchgeräusche halten mich wach.

Zum Frühstück gibt es Nutella und Nachrichten von Terroristen. Sie haben einen Anschlag verübt und einen reichen Mann umgebracht. Alle Erwachsenen sind seltsam bedrückt. Ich auch. Es ist Mittwoch.

Pino hat einen Plan. Er weiß, wie wir es schaffen, aus dem elenden Speiseraum zu kommen. Ich bin gespannt, aber skeptisch. Heute gibt es wieder Reisbrei und ich habe das Gefühl, bei der Bildung der klebrigen Haut auf der Oberfläche zusehen zu können. Pino meint, es sei eigentlich ganz einfach. Sein Vater habe ihm den entscheidenden Tipp gegeben. Als er leise zu sprechen beginnt, kommt die junge hübsche Nonne herein.

Sie hat es wohl geahnt, dass wir sprechen. »Pino, nicht reden. Du weißt doch, dass das Ärger gibt.« Pino nickt und blickt ängstlich nach vorne an die Wand. Ich hingegen schaue auf den Teller. In der brauen Flüssigkeit liegt das Dörrobst auf dem Brei.

Schwester Christiane führt mich aus dem Speiseraum. Ihre Hand liegt leicht auf meiner Schulter. Wie ein Vogel. Sie muss mir den Weg nicht weisen. Trotzdem bleibt ihre Hand auf mir liegen. Pino ist mit der jungen Nonne zurückgeblieben. Die Türe fällt schwer ins Schloss.

Pinos Vater ist wütend, während er mit der Schwester spricht. Sein Sohn steht schweigend neben dem aufgebrachten Mann und blickt auf den Boden des lichtdurchfluteten Raums. Das Gegenlicht ist so stark, das die Umrisse der Leute verschwimmen. Die Menschen lösen sich auf, sie verlieren ihre Konturen und ihre Form. Ich habe Angst um Pino. Ich fürchte mich vor seinem Vater, der so wütend ist.

Essen! Das ist der Plan. Wir sollen das Zeug essen. Pino hat mir kaum hörbar seinen Plan erklärt und mich dabei nicht ein einziges Mal angesehen. Wenn wir das Zeug essen, dann können wir hier raus. Und darum geht's doch. Hier rauszukommen. In den Hof. Die Hausaufgaben machen und rausgehen. Zu den anderen. Pino zischt mir seinen Plan zu, als wäre er die Lösung aller Probleme. An der Wand flimmern die Schatten der Blätter. Ich bin unsicher.

Am Arm hat Pino einen richtig großen blauen Fleck. Etwas unterhalb des Ärmelbundes kann ich ihn ganz genau sehen. Rechts. Es ist Donnerstag. Nicht Mittwoch. Wir sind mit den anderen draußen. Wir haben heute wie alle nach dem Essen den Saal verlassen, die Hausaufgaben erledigt und sind in den Hof gegangen. Wir stehen etwas abseits. »Wir müssen nur essen!«, sagt Pino fast flehend. Ich zeige auf den Bluterguss auf seinem Arm. »Dein Vater?« Pino winkt ab. »Du kannst doch essen!«, sagt er, »das sieht man doch!«. Er wird von den anderen gerufen. Sie wollen Fußball spielen. Ich bleibe zurück. Für mich ist das nichts, Fußball.

Am Fenstersims vor der Küche faltet ein Schmetterling seine Flügel auseinander. Ich beobachte das Tier von der Theke aus. »Wie schön!«, flüstert mein Bruder. Blöd, als könne das Tier ihn hören. Ich weiß nicht.

Die Wochen laufen ereignislos dahin. Schule ist Schule. Aus den Lauten, die um mich herum ausgestoßen werden, entstehen immer mehr Worte, die Sinn ergeben.

Wenn alle durcheinander sprechen, bin ich immer noch verloren, aber langsam umschließt mich die Sprache mit ihren ungewohnten Tönen und ihrer komplizierten Grammatik. Siehst Du, sagt meine Mutter, als hätte sie es gewusst. Alles nicht so schlimm. Selbst die Jungs aus der Parallelklasse haben das Interesse daran verloren, mir in der Pause aufzulauern. Ich verbringe die meiste Zeit alleine. Nur mittwochs sitze ich mit Pino im Speisesaal. Mittwochs bin ich nicht alleine. Nicht glücklich, aber auch nicht allein.

Pinos Plan geht nicht auf. Wir haben es versucht, aber schon nach wenigen Löffeln aufgegeben. Wir können das Zeug einfach nicht schlucken. Die schleimige Konsistenz will nicht gegessen werden. Schweigend und gescheitert sitzen wir an unseren getrennten Tischen und blicken stumm zur Wand. Pino will unbedingt raus. »Beim nächsten Mal«, zischt er, »beim nächsten Mal!«
Draußen im Hof spielen sie Fußball, ich erschrecke, als der Ball gegen die Scheibe getreten wird.

Eine Woche später, Pino hat es satt. Er wird hier nicht mehr sitzen und sich demütigen lassen. Er wird das Zeug essen und dann rausgehen. Sein heutiger Plan ist, so schnell wie möglich den Brei in sich hineinzuschaufeln. Nicht kauen, nicht schmecken, einfach schlucken. Er ist fest davon überzeugt, wenn wir schnell sind, kann es funktionieren. Zusammen können wir es schaffen. Er meint, wir sollen das als eine Art Wettrennen sehen.

Wenn wir versuchen, den anderen zu besiegen, werden wir das schaffen. Zusammen und gegeneinander! Ich frage ihn, ob er das aus Angst vor seinem Vater macht. Er blickt mich irritiert an: »Natürlich nicht!« Ich will das nicht glauben. Und nur deshalb mache ich mit.

Von außen dringt Kindergeschrei durch die großen Fenster des Speisesaals. Pino und ich blicken uns an, in meinen Ohren rauscht es laut. Pino zählt wie verabredet, seine Stimme klingt, als wäre sie draußen auf dem Hof: »Drei, zwei, eins!«

Wir beginnen uns den Brei schaufelnd in den Mund zu stopfen. Schleimig schlonzig schwappt das Zeug vom Löffel herab und trieft aus dem Mund über mein Kinn. Ich kann die einzelnen Körner des Breis auf meiner Haut spüren. Ich muss würgen und schaufele einen weiteren Löffel hinterher. Mühsam schlucke ich den Brei, und trotzdem, mein Körper will mir nicht gehorchen. Ich schwitze und versuche, dem stetigen Würgen mit Schlucken entgegenzuwirken. Ich blicke zu Pino hinüber. Auch ihm geht es nicht gut. Aber er schluckt und schluckt. Mein Teller ist schon fast leer gegessen, als ich den Brechreiz nicht mehr unterdrücken kann. Mit einem Schwall ergießt sich der ungekaute, unverdaute Brei aus meinem Magen wieder in den Teller.

Das Zeug liegt da. Schleimiger als zuvor. Meine Augen tränen. Ich muss weinen. Schluchzend sehe ich aus den

Augenwinkeln, wie Pino den letzten Löffel aus seinem Teller kratzt. Er schluckt mühsam würgend, springt auf und wirft den Löffel triumphierend auf den Tisch. Seine Arme hochreckend sieht er mich vor Glück strahlend an. Mit dem Ärmel wische ich mir Tränen, Brei und Kotze aus dem Gesicht.

Es passiert wie fernbedient. Ich nehme meinen Teller voller Kotze und Brei und schmeiße ihn auf den Boden. Pino blickt mich entsetzt an, als die Schüssel auf den Kacheln zwischen uns zerspringt und ihren vorverdauten Inhalt spritzend verteilt. Wütend heulend schnappe ich seinen Teller und reiße ihn an mich. Bevor Pino versteht, was geschehen ist, wird die Tür von außen aufgestoßen. Grelles Licht durchflutet den Raum.

Pino steht zwischen den beiden Tischen. Ein Teller liegt in Scherben auf dem Boden in einer großen Pfütze Brei. Ich sitze vor einer leeren Schüssel. Mit einem Löffel in der Hand. Wie in Zeitlupe stürmt die junge Nonne in den Raum. Pino schreit auf, als sie ihn packt und am Oberarm grob ins Licht der Türöffnung hinauszerrt. Aus den verheulten Augenwinkeln sehe ich, wie Schwester Christiane mich von der Türe aus betrachtet. Ich kann ihren Blick nicht ertragen.

»... Bitte für uns Sünder, jetzt und in der Stunde ...«

Mittwoch. Ich kann sie tuscheln hören. Fett ... Der Sommer geht bald zu Ende. Draußen im Hof ist es zwar noch warm, aber das Licht ist nicht mehr so scharfkantig. Vom Hof kann man durch die Fensterscheiben gedämpft fröhliche Kinderstimmen hören. Sie spielen miteinander, die Kinder. Sie sind fröhlich.

Mir ist warm. Ich schwitze in dem Kringelpulli, der viel zu eng meinen dicken Oberkörper zwickend umklammert.

Ich bin alleine, der Platz neben mir ist leer. Der Brei vor mir ist unangetastet. Auf der Oberfläche des weißgelben Schleims hat sich eine zähe Haut gebildet. Nach dem verhängnisvollen Nachmittag mit der zerbrochenen Schüssel, ist Pino nicht wieder in den Hort gekommen. Sein Fach ist leer, seine Hausschuhe verschwunden. Auch in der Schule habe ich ihn nie wieder gesehen.

Gegen vier Uhr kommt Schwester Christiane in den Speisesaal. Sie will mich abholen. Sie muss seufzen, als sie den vollen Teller sieht. Ich sage ihr, dass ich Pino vermisse. Sie lächelt verständnisvoll und fragt, was das bedeuten soll. »Den Italiener ...«, sage ich. Schwester Christiane sagt, sie kenne keinen Pino. Mit einer sanften Geste streicht sie mir über den Scheitel. Hier gibt es keinen Pino. Mein Widerspruch verstummt, als sie den Finger auf ihre Lippen legt. An der Wand tänzeln die Schatten der Äste, die langsam ihre Blätter verlieren.

»Maria, voll der Gnade, der Herr ist mit Dir.«

Mark Horyna, Jahrgang 1968, arbeitet und lebt mit seiner Frau und dem gemeinsamen Sohn unweit von Stuttgart. Der gebürtige Engländer, deutsch-österreichisch-ungarisch-tschechischer Abstammung hat sich hauptsächlich als Spielfilmproduzent betätigt und war maßgeblich an der Entwicklung und Herstellung zahlreicher Fernsehfilme beteiligt. Zu diesen Arbeiten gehören unter anderem das ZDF-Fernsehspiel »Blutgeld«, der preisgekrönte ARD-Film »Frau Böhm sagt Nein«, das Doku-Drama »Der Raketenmann« sowie zahlreiche Komödien und »Tatorte«. Seit einiger Zeit widmet er sich verstärkt dem Schreiben und der Entwicklung von Dokumentarfilmen. Aktuell arbeitet Mark Horyna an seinem ersten Roman »Fragmente meines Vaters« und dem groß angelegten Romanprojekt »Der letzte Vampir«, in dem der historische Vampirismus zur Zeit der K.-u.-k.-Monarchie als Polit-Thriller fiktionalisiert wird.

Juliane Marie Schreiber

Im Dunkeln

»7. August:
En·tro·pie - Substantiv [die]: Tendenz
in der unbelebten Welt zu immer größerer
Unordnung.«

(1)
Ich kann nichts sehen. Die Lider kleben aneinander, der Mund ist trocken.
Ich versuche die Augen zu öffnen. Es fühlt sich an, als würde ich Sirupwaffeln auseinanderziehen. Weißes Licht schlägt mir entgegen und bildet unförmige Umrisse – es ist so grell, dass meine Augen tränen. Dann erst bemerke ich, dass mein Kopf donnert und sich trotzdem seltsam dumpf anfühlt – und sinke wieder in eine erlösende Dunkelheit.

– Können Sie mich hören?
Ein grauhaariger Mann mit stechend blauen Augen guckt mich an. Mein Mund formt Worte. Murmelnd und gurgelnd erschrecke ich über meine eigene Stimme, sie klingt fremd.
– Können Sie uns sagen, wer Sie sind?
Über mir surren die Neonröhren.

– Können Sie uns Ihren Namen sagen?
Ich werde unruhig. Meinen Namen. Verdammt, ich weiß ihn nicht, aber ich weiß, dass mein Kopf explodiert. Los, Konzentration … Ich … bin. Nichts. Da ist nichts.

Ein zweiter Grauhaariger taucht neben meinem Bett auf.
– Sie sind im Klinikum Köpenick, in der Notaufnahme. Sie hatten einen Unfall, bei dem Sie mehrere Stunden bewusstlos waren und haben ein Schädeltrauma, Rippenprellungen und ein gebrochenes Bein. Hätte noch schlimmer ausgehen können.
Ah.
Ich habe unglaublichen Durst. Alles flimmert, dann wird es wieder dunkel.

(2)
Jemand öffnet das Fenster und ein goldener Lichtstrahl zieht eine Linie auf meiner Bettdecke. Im Fensterrahmen glimmen Spinnweben wie die Fäden einer Glühlampe.

Der alte graublaue VW-Passat fährt auf dem staubigen Sandweg, vorbei an der Fabrikruine aus rotem Backstein mit eingeschmissenen, milchigen Fensterscheiben. Dahinter liegt die Einfahrt zur alten Bootswerft. Hierherzukommen ist immer etwas unheimlich, wenn die Sonne schon tiefer am Himmel steht und diese langen Schatten wirft, in dem sonst so unschuldigen Nachmittagslicht. Das ist das trügerische Licht, das Unheilvolle, wie eine leise Hintergrundmelodie in Fis-Moll, die mir die Schultern hoch-

zieht. Das ist das Licht der orangenen Mückenschwärme und Spinnweben mit fetten, darin leuchtenden Kreuzspinnen.

Wir steigen aus und gehen an den breiten, niedrigen Boots-Werkstätten vorbei. Einige Schuppen sind mit hellgelbem Wellpolyester bedeckt, die so befriedigend nach Lack und Farbe riechen. Und manchmal findet man eine perfekt geformte Hobel-Locke auf dem Boden. Dann ergibt das Leben kurz einen Sinn. Unten am Wasser füttern wir »Hansi«, so nennt mein Großvater alle weißen Schwäne, die er täglich mit eingeweichten Mischbrotkanten versorgt. Mit seinen breiten Arbeiterhänden greift er in den pinken Plasteeimer, auf dem mit Filzstift »Brot« geschrieben steht. Er reicht mir ein labberiges Stück, das für meine Kinderhand viel zu groß ist.

(3)

Eine Krankenschwester begutachtet die Schiene an einem Bein, das irgendwie meins sein soll. Ich wäre gerne nicht hier.

– Ihr Telefon. Lag in der Jackentasche.

Ich muss einen vierstelligen Zahlencode eingeben. Spontan tippe ich »1989«. Funktioniert nicht. Als ich meinen Daumen auf den runden Knopf lege, leuchtet der Bildschirm auf – meine Rettung: die Touch-ID.

Zwei unterdrückte Anrufe, drei neue Textnachrichten, davon »Wir haben uns getrennt« von einer Nora, »Und, alles geklappt« von K. und »Hey Nele, morgen Bier?« von einem Leo.

Kann das sein? Ich heiße Nele? Wieso fällt mir verdammt noch mal nichts dazu ein?

Mir dämmert nichts, auch keine Nora, kein K., kein Leo.

Ich gehe durch die Bildergalerie: Selfies mit Snapchatfiltern. Eine blonde Frau mit Blumenhaarkranz. Eine blonde Frau mit Heiligenschein und Engelsflügeln. Eine blonde Frau, um deren Kopf Planeten kreisen. Lächerlich. Alles ist lächerlich.

Ich finde mehrere Notizen.

»6. Mai: Ich fühle mich nirgends zugehörig, als wäre ich einfach immer falsch.

Die Therapeutin sagt, ich soll aufschreiben, warum ich mich so fremd fühle. Ich finde das schwachsinnig, das ist doch *ihre* Aufgabe. Soll ich meine Sozialphobie selbst therapieren?

Ich hatte schon immer das Gefühl, aus einer anderen Welt zu kommen. Da sich logischerweise weder meine Familie noch mein Geburtsort nach der Wende um 180 Grad gedreht haben, bin ich irgendwie trotzdem ostdeutsch aufgewachsen – während die Welt außerhalb sehr schnell pseudo-westdeutsch wurde. Für meine Freunde war ich der geizige, negative Ossi, zu Hause war ich der oberflächliche, überhebliche Wessi.

Als läge ich unverstanden in einer schwach gespannten Hängematte zwischen zwei Stühlen irgendwo im Niemandsland.«

(4)

Mein Brustkorb brennt wie Feuer. Mein Kopf fühlt sich an, als sei er in einen Schraubstock gespannt. Schlaff und leblos liegt dieser Körper im Bett herum. Er nervt mich so, ständig fordert er Aufmerksamkeit – wie ein kleines Kind: Schlafen, Essen – irgendwas ist ja immer. Ein Leben ohne Körper, das wär' mal was.

Der Arzt hat gesagt, nur mein autobiografisches Gedächtnis sei beschädigt. Wie viele Gedächtnisarten gibt es denn?

Ich schleppe mich zum Badezimmer und öffne die Tür. Da steht jemand im Dunkeln und starrt mich an: eine blasse Frau mit schwarz unterlaufenen Augen und schwarzen Haaren. Ich zucke zusammen. Sie hat ein großes Pflaster auf der rechten Wange. Instinktiv fasse ich an meine linke Wange und spüre den weichen Klebestreifen. Mann, sehe ich scheiße aus.
Blond stand mir besser.

(5)

– Jetzt legen se doch mal dit Ding wech, junge Frau, schnarrt die Krankenschwester, Abendbrot. Wollnse bisschen Fernsehen kieken?
Ohne mein angedeutetes Kopfschütteln zu beachten, schaltet sie das Gerät an und die verhasste Reizüberflutung setzt ein: N-TV, 8. August, 19:45 Uhr, Breaking News. Überall blinkende Banner mit »Amoklauf in

der NPD-Bundeszentrale im Bühring-Haus in Berlin-Köpenick, drei Tote und zwei Verletzte, einer schwer. Täter noch nicht gefasst«.
Ein akkurat gescheitelter Pressesprecher der NPD wird interviewt: »Für uns ist das kein Amoklauf. Das ist ganz eindeutig Terror. Das muss man auch so sagen.«

Ich sinke in mein Kissen.

»13. Mai. Die Therapeutin sagt, ich soll meine Kindheit beschreiben. Inzwischen führe ich ihre Anweisungen widerstandslos aus. Wie zur Hölle beschreibt man seine Kindheit?
Dinge, die innerhalb meines Zuhauses zählten, taten das nicht unbedingt außerhalb. Mit 12 hatte ich mit Kirschen bedruckte Baumwoll-Unterhemden, andere Mädchen glitzernde Push-up-BHs – sie waren weiblich und aufgeplustert, ich ein Neutrum. Einmal fragte mich Nicole aus der 6c mit angeekeltem Blick, ob ich eigentlich nur eine Jeans besitze – als wäre ich ein besonders schleimiges Insekt.«

»14. Mai. Wenn ich den Ost-Teil in mir als rau, faserig und irgendwie aromatisch empfinde, riecht der West-Teil in mir süßlich nach Haribo und hat glatte Oberflächen. Ravensburger Puzzle, Playmobil, Disney.«

»14. Mai. Beide Welten in mir bekämpfen sich permanent, bis heute. Wie meine Eltern.«
Plötzlich taucht mein altes Kinderzimmer mit den

Vero-Construct-Baukästen vor mir auf, mit der Sura-
line-Knete und der Schallplatte vom Traumzauberbaum,
die ich bis heute auswendig kann.
Wie in einer inneren Dia-Show kommen Erinnerungen hoch: der cremefarbene Trabi, die orangenen
Plaste-Hühnereierbecher, meine weichen Nickis, Herr
Fuchs und Frau Elster, Märchen aus der UdSSR, Ted-
dy-Thälmann-Anstecker, tschechische Oblaten mit Ka-
kaocreme und der Abspann von *Paul und Paula*.
Es riecht nach Heizöl und von der Sonne gewärmten Dach-
schindeln und dem Duft von Kiefernnadeln, verdorrtem
Gras und Kienäpfeln, auf die man grundsätzlich barfuß tritt.

»20. Juni: Puzzle (Substantiv) [das]: viele in einem Ge-
duldsspiel [nach einer Vorlage] richtig zusammenzuset-
zende einzelne Stücke eines Bildes.«

Der Bildschirm wird schwarz, der Akku ist leer.

(6)
Zwei neue grauhaarige Männer betreten mein Zimmer.
– Kripo Berlin, guten Tag, ich bin Hauptkommissar Wil-
helm, und das ist mein Kollege Voigt. Können wir kurz
mit Ihnen sprechen?
Bevor ich überhaupt nicken kann, fährt er fort.
– Wie heißen Sie?
– Nele.
– Und weiter?
– Das weiß ich nicht.

– Sie wissen Ihren Namen nicht?

Der Tonfall des ersten grauen Mannes wird ruppig.

– Ich hatte ein Schädeltrauma und kann mich nicht erinnern.

– Und woher wissen Sie, dass sie Nele heißen?

– Das steht hier drin.

– Darf ich das mal sehen?

Ich reiche ihm das Telefon.

– Der Akku ist alle.

– Das sehen wir uns im Präsidium genauer an. Wo waren Sie gestern zwischen 20 und 21 Uhr?

– Wie gesagt, ich habe keine Ahnung.

– Das Video hier haben wir von der Tankstellenkamera ganz in der Nähe der NPD-Zentrale, in der gestern mehrere Menschen getötet wurden.

Er spielt auf seinem Tablet ein gepixeltes Schwarz-Weiß-Video ab, auf dem jemand in aller Ruhe im Dunkeln schräg auf die Straße läuft, in der Mitte stehen bleibt und frontal vom nächsten Auto erfasst wird.

– Das sind Sie. Schwarze Haare, Parka. Gucken Sie hin.

Halleluja. Ich hatte auch schon mal bessere Zeiten.

– Wissen Sie, was für eine Waffe das hier ist?

Er hält mir ein Foto hin.

– Ja, das ist eine Heckler & Koch P30.

– Sie kennen diese Waffe?

– Naja, ich habe mal ein Seminar zu Rüstung belegt, ich studiere ... Internationale Beziehungen. Warum fragen Sie mich das alles?

– An Ihr Studium können Sie sich also erinnern?
– Jetzt, wo Sie mich das fragen: teilweise.
– Haben Sie schon mal geschossen?
– Nicht dass ich wüsste.
– Dürfen wir mal Ihre Fingerabdrücke nehmen ...
Wieder ohne auf die Antwort zu warten, schiebt er mir
ein Gerät unter die Finger.
– So, Frau Marie Mertens.

Dank des neuen Personalausweises könne man nun auf
meine Identität in der Datenbank zugreifen, ich hätte seit
fünf Monaten meine Miete nicht gezahlt und ein Vollstre-
ckungsbescheid liege gegen mich vor.
Ich finde mich immer sympathischer.

– Wie kommen Sie denn auf Nele?
Gute Frage. Marie Mertens ... es dämmert was. Stimmt,
Mertens, Marie – wie ich M&Ms früher hasste. Aber
Nele ... Oder doch, war das nicht mein Myspace-Name,
damals mit 16, als ich nicht mehr ich selbst sein wollte
und ständig meinen Namen geändert habe?
– Ach wissen Sie, das muss so eine Phase gewesen sein.

(7)
Am nächsten Tag meint die Krankenschwester, ich müsse mal etwas laufen, und hievt mich samt Schiene aus
dem Bett. Als wir den hässlichen Flur entlanghumpeln,
bemerke ich, dass einer der Polizisten von gestern neben
meiner Zimmertür sitzt.

– Suchen Sie mich?
– Nee, wir haben Sie ja schon gefunden. Gehen Sie mal wieder rein.

Was wollen die denn eigentlich? Ich werde wütend. Als hätte ich Leute abgeknallt. Natürlich war ich das nicht, das ist das einzige, was ich weiß. Ich bin doch keine Mörderin ... Mörderin. Dann zittert der ganze Körper wieder und ich sacke auf dem Boden zusammen.

Als ich wach werde, läuft der Fernseher wieder. Raffaello-Werbung, dann Nachrichten. »Erneut ist diesen Monat ein Flüchtlingsboot vor der italienischen Küste gesunken, bisher wurden 178 Leichen geborgen ... Berlin: Nach Aussage des verletzten NPD-Mitgliedes Dennis S., handelt es sich beim Angreifer in Köpenick um einen etwa 1,80 großen maskierten Mann in einem grünen Parka. Die Polizei hat das bisher nicht bestätigt.«

Immer noch dieser Ohrwurm. »Tell me why I don't like mondays ...«
Ich hasse Ohrwürmer, sie kommen aus dieser inneren Jukebox und zwingen meinem Innenleben ungefiltert ihre Stimmungen auf. Deswegen verbiete ich mir seit Jahren, Radiohead zu hören.

Leo kneift die Augen zusammen: »Was willst du denn konkret machen gegen die braune Brut, hm? Sorry, dass ich nicht ständig andere Leute zur Revolution auffordere wie du. Deine romantischen Ideen funktionieren nicht.« Im Hintergrund läuft Radiohead.

Enttäuschend, er ist so passiv geworden wie alle anderen – soviel Durchschnittlichkeit. Aber wenn Flüchtlingsheime brennen, sind wieder alle schockiert. Wütend gehe ich mit dem Bier in der Hand nach draußen. Es regnet, ein Fahrradfahrer schlingert vorbei. Irgendwas muss man doch tun.

(8)

Ich habe mein Zeitgefühl völlig verloren, inzwischen können Minuten, aber auch ganze Tage vergangen sein. Irgendwann kommt wieder der Arzt mit den stechenden Augen in mein Zimmer.

– Ich höre, es geht Ihnen zwar besser, aber Sie seien etwas durch den Wind. Mein Kollege würde sagen, Wendekinder sind ja alle etwas unruhig. Machen Sie sich mal keine Sorgen.

Na dann.

– Bei den meisten Trauma-Patienten ist die Amnesie nur temporär. Ihre Erinnerungen werden nach und nach zurückkehren. Wissen Sie, es gibt ja ohnehin kein Selbst, wir konstruieren ein Bild von uns aus arbiträren Erinnerungsteilen.

Wie beruhigend.

Nächster Auftritt: Der Kripo-Kommissar.

– Frau Nele Mertens! Kleiner Scherz. Hier ist Ihr Handy zurück. Entschuldigen Sie nochmals die Verwechslung.

Ich hatte mich sowieso schon gewundert, dass eine Frau sowas getan haben soll, und dann noch jemand wie Sie. Sie sind doch so ein zartes Persönchen. Falls ich noch etwas wüsste, sei auf dieser Karte seine Privatnummer, er sei auch nachts erreichbar. Sein Ernst?
Alles Gute wird gewünscht, die Hand wird gedrückt, dann Abgang.

Um mich wieder zu beruhigen, lese ich in meinen iPhone-Notizen.

»15. Juli: Weil er sich nie an Regeln halten wollte, wurde mein Vater auch ›Grenzer‹ genannt – eine der wenigen Dinge, die ich über ihn weiß. Werde ich als wandelnde Antithese nun auch langsam so?«

»20. Juli: Was ist schon der Tod? Alle tun so, als wäre ein Todeswunsch etwas völlig Bizarres. Man wird nicht gefragt, ob man überhaupt leben will, wieso kann man dann nicht wenigstens autonom sein Ende bestimmen?
Ich erwarte im Alltag permanent etwas Unheilvolles; ein dumpfer, trauriger Unterton zieht sich durch Tage und Wochen. Terroranschläge und Flugzeugabstürze geben mir ein perverses Gefühl von Sicherheit, dass mit der Welt etwas nicht stimmt, gemischt mit der narzisstischen Vergewisserung, dass es anderen auch gerade schlecht geht. Kaffee und Kuchen beunruhigen mich dagegen massiv. Sowas Schönes soll es geben, für mich? Sollten nicht eher Maden über meinen Leichnam kriechen?«

»8. August: Die Therapeutin sagt, ich solle mehr aus mir herausgehen.«

Juliane Marie Schreiber, geboren 1990 in Ost-Berlin, studierte Politikwissenschaft an der Humboldt-Universität Berlin und der Sciences Po Paris. In ihrer Masterarbeit beschäftigt sie sich mit der Theorie der Neuen Kriege. Redakteurin bei der Polit-Sendung »Jung & Naiv«, journalistische Beiträge, u. a. auf »bento« (»Spiegel Online«) und für die deutsche Gesellschaft der Vereinten Nationen.

Jule Müller

Wenn die Welt im Chaos versinkt

Ich stehe hier oben am Bug mit meinem Fernglas und gucke aufs Meer. Alle anderen wuseln geschäftig auf dem Hauptdeck rum, unseren Kapitän sehe ich durch das Fenster zur Brücke telefonieren oder funken – den Unterschied habe ich noch nicht ganz verstanden. Muss ich auch nicht. Ich muss nur hier oben stehen, durch mein Fernglas gucken und mit dem Arm in die Ferne zeigen. »Bridge, this is lookout«, hatte ich gesagt. Und dann auf Deutsch, wegen der Aufregung: »Weißer Punkt auf drei Uhr.«

Ich zeige mit dem ausgestreckten Arm noch immer stur auf den weißen Punkt am Horizont. Ich bin mir unsicher, ob das nötig ist, da wir das beim Mann-über-Bord-Manöver aber so geübt hatten, mache ich es einfach. Kann ja nicht schaden. Unser RIB, das ich fälschlicherweise gerne Speedboot nenne, weil es so schnell ist, ist schon unterwegs zu dem weißen Punkt, das zweite RIB macht die Mannschaft gerade fertig. Ich kann mir gar nicht vorstellen, dass da draußen wirklich was ist. Die Wellen sind zu hoch, der Wind zu stark. Heute würde nichts passieren, hatten wir beschlossen. Außerdem habe ich bislang beim Ausguck immer nur irrelevante Dinge gefunden: Quallen, fliegende Fische, Bojen, Plastikflaschen, Fischerboote, manchmal Delfine, gestern einen Hubschrauber. Manchmal habe ich der Brücke »Möwe auf siebzehn Uhr« durchgefunkt, weil mir langweilig war, dann haben wir gelacht. Jetzt lacht niemand, jetzt sind alle konzentriert.

Der weiße Punkt ist inzwischen eher ein weißer Balken mit schwarzen Punkten drauf geworden. Auch ich bin mir nun sicher, dass es das ist, wonach wir die letzten Tage gesucht haben: Menschen in Seenot. Ich verkneife mir einen Schwall Emotionen und konzentriere mich weiter auf das Ziel, während wir uns mit unserem Schiff, der IUVENTA, nähern.

Meine Rettungsweste liegt schwer im Nacken, ich hab mich weder eingecremt noch hab ich gegessen oder getrunken. Ich habe es nicht mal geschafft, meine Schlafanzughose gegen was Einsatztaugliches zu tauschen. Es ist viertel nach neun. Es ist ein Mittwoch im September. Wir befinden uns 14 Seemeilen vor der Küste Libyens.

Ich kann die Beine, die über den Rand des Schlauchbootes hängen, fast zählen, so nah sind wir nun. Viele Menschen sind auf diesem Boot. Viel zu viele, aber das ist ja normal. Die RIB-Crew beginnt mit der Ausgabe der Rettungswesten. Die Rettungswesten, die wir neulich erst in Mülleimern gewaschen haben, erst mit Seifenlauge, dann mit klarem Wasser, weil sie so sehr stanken. Dieses Gemisch aus Schweiß und Diesel und Urin und Salzwasser, das auch die Beine der Flüchtenden verätzt, machte, dass uns allen übel wurde.

Ich beobachte, wie die Rettungswesten von den Menschen durch das Schlauchboot gereicht werden, ganz ruhig, von vorne nach hinten. Die Lage zu beruhigen, keine Panik entstehen zu lassen, ist das oberste Ziel der Crew. Zu oft fielen im Mittelmeer Menschen bei Rettungsaktionen ins Wasser, ertranken, wurden im Boot zerquetscht – vielleicht nicht bei uns, aber trotzdem. Einem der Menschen aus diesem Boot nicht helfen zu können, ist unsere größte Sorge. Deswegen sitzt ganz vorne im RIB das jüngste, süßeste und beruhigendste Mädchen, das wir an Bord finden konnten. Vor ihr kann man einfach keine Angst haben, hoffen wir.

Ich lasse das Fernglas kurz sinken, ich kenne die Bilder von diesen Booten eigentlich, ich habe mich intensiv mit dem Thema auseinandergesetzt, und doch: Hier auf dem Meer kneift mir die Realität ordentlich in den Oberarm. Ja, anwesend. Konzentration! Wir sind inzwischen so nah am Schlauchboot, dass ich mit dem Fernglas in die Gesichter der Menschen blicken kann. Einer guckt mich direkt an, und winkt. Ich fühle mich irgendwie ertappt, und winke zurück. Dann winken mir ganz viele Arme aus dem Schlauchboot entgegen, die Männer und Frauen lachen. Jetzt bloß nicht heulen. Wir werden alle an Bord der IUVENTA nehmen. Noch ist das Schlauchboot gut in Schuss, in ein paar Stunden schon würde es Luft verlieren – es ist ein Eigenfabrikat, das nicht dazu gedacht ist, Europa zu erreichen. Diese Menschen hier haben Glück, dass sie überhaupt noch winken und lachen können.

Unsere zwei RIBs stupsen das Schlauchboot sanft an die IUVENTA ran, ganz dicht ist es nun bei uns. Die Wellen sind hoch, als unsere Crew beginnt, mühsam einen nach dem anderen an Bord zu ziehen. Ich stehe noch oben auf dem Vordeck und beobachte alles. Eine Frau macht den ersten Schritt an Deck, sie trägt keine Schuhe. Niemand trägt Schuhe. Sie taumelt ein paar Meter, hält sich am Geländer fest, dann nimmt einer unserer Männer ihr die Rettungsweste ab und verstaut sie in einem riesigen Beutel, damit sie sofort wieder für das nächste Schlauchboot benutzt werden kann – wo ein Boot ist, sind oft viele Boote. Die Frau läuft weiter, fasst sich an den Kopf, unser Arzt greift sie an den Armen. »Hello, what's your name?«, fragt er und guckt ihr in die Augen. Ein paar Sekunden hat er pro Person, um den jeweiligen Zustand einzuschätzen und sie in Rot, Gelb und Grün einzuteilen. Die Frau antwortet nicht, hält sich den Bauch. Der Arzt zeigt auf die Treppe zum Vordeck, auf der sie kurz danach erschöpft zusammensackt. Alle, die antworten und in der Lage sind, Treppen zu steigen, werden auf das Achterdeck geschickt. Einer nach dem anderen. Zehn Minuten, zwanzig Minuten lang.

Ich gucke in das Schlauchboot. Es ist noch immer voll. Ein paar der Leute hocken inzwischen auf dem Boden oder hängen über den Rand. Ich zeige von hier oben auf die Personen, die mir Sorgen machen, rufe vom Deck hinunter: »Are they okay?« Ich kriege Daumen nach oben, scheint alles soweit in Ordnung zu sein, sicher nur die Erschöpfung. Ein Mann fällt auf die Knie, küsst das Hauptdeck der IUVENTA, drei am Boden sitzende Frauen schließen lachend eine vierte in ihre Arme, die gerade den Medizincheck hinter sich gebracht hat, sie alle haben kunstvoll geflochtene Zöpfchen. Einer trägt einen BVB-Trainingsanzug, das freut unseren Arzt.

Ich verlasse meinen Posten und helfe unserer Krankenschwester dabei, den gebrochenen Arm eines Mannes zu versorgen. Er hat auch ein gebrochenes Bein und verzieht sein Gesicht vor Schmerzen, als wir seinen geschienten Arm in eine Schlinge stecken. Nebenan liegt einer mit einem Streifschuss an der Wade, ein anderer hat ein gebrochenes Handgelenk. Auf der Flucht sei das passiert. Auf der Flucht, bei der er seine Mutter und seine zwei Brüder verloren habe. Ein paar der Menschen stehen an der Reling und übergeben sich. Ich sage einem Jungen, er heißt Mike und kommt aus Gambia, dass mir das auch so ging, das sei wegen der Wellen. Er lächelt. Noch nie sei er auf dem Meer gewesen. »Me too, first time on a boat«, antworte ich, dann trinken wir einen Schluck Wasser. Es ist verdammt heiß hier, die Sonne knallt.

Das Schlauchboot ist inzwischen leer, alle sind in Sicherheit. Ich gucke es genauer an: Am Boden liegen ein paar Holzplanken, zwei Dieselkanister, eine Handvoll Wasserflaschen, nasse Klamotten. Die Schläuche stammen aus China, die Bodenplatten sind selbst zusammengeschustert, 10 mal 2,5 Meter ist das Boot groß. Bis eben standen hier noch 131 Menschen drin. Einhunderteinunddreißig. Eine Frau steht vor mir. »I like to release myself«, sagt sie, ohne mir dabei in die Augen zu schauen. Sie muss mal zur Toilette, vermute ich. Ich gehe mit ihr unter die Treppe, wo wir ein gefliestes Loch im Boden haben, und halte die Sichtschutzplane. Noch nie habe ich jemanden so viel

pinkeln hören. »Thank you, madame«, bedankt sie sich, bevor sie sich wieder auf den Boden zu den anderen setzt. Während das Schlauchboot markiert und auf dem Meer abgestochen wird, um nicht wiederverwendet werden zu können, kehrt an Bord Ruhe ein. Ich laufe über das Deck, versuche, bei dem Seegang niemanden zu treten. Überall sind Hände und Beine und Köpfe. Die meisten schlafen auf dem grünen, von der Sonne aufgeheizten Boden, andere starren auf das Meer, in ihren Blicken findet man nichts, sie sind leer. Wir können nur ahnen, warum.
Einer trägt ein Shirt mit einer deutschen Aufschrift, ich muss zweimal hingucken. »Warum soll ich mein Zimmer aufräumen, wenn die Welt im Chaos versinkt?« Was für eine Ironie. Wo er es herhabe und ob er wisse, was darauf steht, frage ich ihn. Er, Omar, 25 Jahre alt, habe es im Senegal auf dem Markt gekauft, dort gäbe es viele Anziehsachen aus Deutschland, erklärt er mir. Nun kommt das Shirt vielleicht wieder zurück, denke ich. Ein paar unserer Gäste, wie wir sie liebevoll nennen, wollen nach Frankreich, vielleicht nach Skandinavien, die meisten aber nach Deutschland, sie kennen die Namen der Fußballnationalspieler, das sind ihre Helden.
Irgendwann ziehe ich meine Einweghandschuhe aus. Ich weiß, dass ich das nicht soll – schon allein wegen der Krätze –, aber es fühlt sich nicht richtig an, sie zu tragen. Ich möchte mich von diesen Menschen nicht mit meiner Sonnenbrille oder solchen Handschuhen abgrenzen, oder indem ich Abstand halte. Ich möchte mich an ihre Seite setzen und mit ihnen sprechen, möchte ihnen auf

die Schultern klopfen, sie anlächeln und vielleicht für einen kurzen Moment das Gefühl vermitteln, dass sie nicht egal sind, dass wir uns ernsthaft für sie interessieren.

Die meisten hier kommen aus Westafrika, aus Gambia, dem Senegal oder Nigeria, ein paar auch aus dem Sudan. Sie haben viel durchgemacht auf der Flucht. Wir sitzen mit einer Gruppe junger Männer unter dem Sonnensegel des Vordecks und hören ihre Geschichte an. Der Weg nach Libyen sei das kleinste Problem gewesen, Libyen selbst die Hölle. Nichts wären sie dort wert gewesen. Man hätte sie in notdürftigen Hallen gehalten, zu Hunderten, nach Herkunftsländern sortiert, wie Sklaven, wochenlang. Dort haben sie arbeiten müssen, wurden sie mit Stöcken geschlagen, misshandelt, dort wurde auf sie geschossen, wenn sie nicht gehorchten. In Libyen könne man nicht überleben, da sind sich alle einig.

Das Geld, mehrere hundert Dollar, hatten sie entweder wie Sklaven erarbeiten müssen oder von ihren Familien per Western Union geschickt bekommen und ein paar Tage vor der Abfahrt bezahlt. In der Nacht waren dann die Schleuser gekommen und hatten endlich sie ausgewählt, um sie auf das Boot zu stecken. Alles hatten sie an Land lassen müssen, ihre letzten Habseligkeiten, ihre Schuhe, sogar Zettel mit den Kontaktdaten ihrer Freunde drauf. Dann hatte es geheißen: zwei oder drei Stunden geradeaus durch die Nacht. Da sei Europa. Angst hatten sie gehabt, weil das Boot so voll gewesen war und die Wellen hoch. Einer der Flüchtenden hatte den Motor bedient, es war vier Uhr morgens gewesen. Als wir das Boot

fünf Stunden später vor Libyen fanden, waren sie genau
16 Meilen weit gekommen. Bis nach Lampedusa wären
es etwa 150 gewesen, vorausgesetzt, sie hätten die kleine
Insel ohne Navigation gefunden. Aber eigentlich ist das
auch egal, denn diese Boote kommen nie an ihrem Ziel
an. Nie.

»It is impossible to reach Europe with a rubber boat. The
only chance to survive is to be found by a ship like ours«,
sage ich. Samuel, 17, aus Gambia guckt kopfschüttelnd zu
Boden. Er wusste, dass er nichts wert gewesen war, aber so
wenig? Er ist tapfer – hier sind alle tapfer. »Thank you for
saving us«, lächelt er uns an. Er werde uns nie vergessen.
Was er sich für die Zukunft wünsche, fragt wer. Irgendwann noch einmal seine Familie sehen zu dürfen, das sei
alles. Ich knote das Band neu, an dem meine Sonnenbrille
um meinen Hals baumelt, dann gehe ich Wasser holen.
Ich setze mich neben einen Jungen, der auf einer der Ret-
tungsinselkapseln hockt. Er versteht mich nicht gut und
meine Brocken Arabisch reichen nur für eine sehr kurze
Konversation. Mit einem Kugelschreiber hat er Telefonnummern auf seine Jogginghose geschrieben, die konnten
die Schlepper ihm nicht wegnehmen. »Very clever. Your
family?«, frage ich und zeige auf die Ziffern. Er schüttelt
den Kopf. »I have no family.« Wir gucken gemeinsam auf
das Meer und schweigen, beobachten eine Weile, wie sich
uns ein riesiges rotes Schiff nähert. »This ship will bring
you to Europe«, sage ich dann. Dem Jungen scheint egal
zu sein, was mit ihm passiert. Er hat vielleicht Libyen
überlebt und ist heute nicht auf dem Mittelmeer gestor-

ben, aber freuen kann er sich nicht. Wieso auch? Ich lasse ihn alleine.

Als die Vos Hestia, ein großes NGO-Schiff, in unserer Nähe ist, um die Leute zu übernehmen, teilen wir wieder Rettungswesten aus. Alle sind ruhig, kaum jemand redet. In einer selbst organisierten, geordneten Schlange stehen unsere Gäste an, um sich in kleinen Gruppen von zwei RIBs shutteln zu lassen. Eine Schlange auf der IUVENTA? Ich mache ein Foto davon. »Good luck!«, rufe ich, als Samuel, Omar, Mike und der Junge ohne Familie im RIB sitzen. Sie winken erneut, dann düsen sie ab. Als wir wieder alleine sind, gucken wir dem großen Schiff noch lange nach. Ich habe keine Ahnung, was mit diesen Menschen geschehen wird.

Nachdem wir den Einsatz mit der Crew nachbesprochen haben, räumen wir gemeinsam das Schiff auf – die Rettungswesten müssen neu verstaut, Wasserflaschen eingesammelt und die Sonnensegel abgehängt werden, außerdem das Deck geschrubbt. Wir sind müde, es ist kurz vor vier Uhr. »Wieso soll ich die IUVENTA aufräumen, wenn die Welt im Chaos versinkt?«, sagt wer. Wir lachen. Was für ein absurder Tag.

Erst später werden wir erfahren, dass unsere Gäste sicher in Italien angekommen sind und dort auf unterschiedliche Städte verteilt wurden. Außerdem, dass eines der fünf Boote an diesem Tag von keiner Hilfsorganisation gefunden wurde. Es wurde wieder an die libysche Küste gespült, alle 130 Insassen waren tot.

Auf den ersten vier Missionen des Jugend Rettet e.V. im Spätsommer 2016 konnten mehrere tausend Menschen gerettet werden, für einige von ihnen kam jede Hilfe zu spät. Mehr Informationen zum Thema Seenotrettung im Mittelmeer und die Möglichkeit, weitere Missionen der IUVENTA finanziell zu unterstützen, gibt es auf www.jugendrettet.org
Dieser Job ist noch lange nicht beendet. Jeder Mensch verdient die Rettung aus Seenot.

Jule Müller wurde 1982 in Ost-Berlin geboren. Sie ist Autorin, Fotografin und Gründerin des Online-Magazins »im gegenteil«. In ihrem Buch »Früher war ich unentschlossen, jetzt bin ich mir da nicht mehr so sicher« (Knaur, 2015) verarbeitet sie ihr ungeplantes Erwachsenwerden. In ihrer Freizeit hängt sie gerne auf Fischkuttern vor Libyen ab, trägt Zebramantel und/oder sortiert Dinge nach Farben; Weltfrieden täte ihr gefallen.

Robin Baller

Das Wagnis

Eine Frau fällt ins Wasser. Mit dieser so simplen wie banalen Begebenheit beginnt diese bescheidene Geschichte – eine Geschichte, die zu erzählen nicht nur meinem ewigen Drang geschuldet ist, Geschehnissen nachträglich zu einer gewissen Ordnung zu verhelfen. Sie ist auch der Versuch, einem verlorenen Freund einen Brief zu schreiben.

Jene Frau, die vor unser aller Augen – meine ausgenommen – ins Wasser fällt, ist ein junges Mädchen, das eine gewisse Vorliebe für Effekte hat. Vielleicht ist Lena heute über solcherlei Spielereien erhaben, doch zum Zeitpunkt jenes Falles kann sie kaum genug davon bekommen. Wenn Lena damals durch die Straßen unserer staubigen Stadt zieht, ist sie nie allein. In ihrem Gefolge befinden sich allerlei Figuren. Freunde, Bekannte, alles Menschen, die darauf warten, dass etwas passiert. Es ist Sommer und noch ist die Zukunft nichts weiter als der kommende Herbst.

Richard ist es, der mir von Lena erzählt, der eines Morgens vor meiner Tür steht und mit glühenden Augen von ihrer Begegnung erzählt. Lena, sagt er, als spreche er von einer Heiligen, man müsse sie gesehen haben. Er hat zu-

sammen mit seinem Vater Plakate geklebt, als plötzlich
eine Gruppe junger Leute sie umringt. Was sie wollen,
fragt der Vater und blickt mit seinem Plakatgesicht, einem Ausdruck von übermäßiger Entschlossenheit, in die
Runde. Richard, Pinsel und Eimer in der Hand, schweigt.
Da tritt Lena aus der Gruppe, ihre zarten nackten Arme
in die Hüfte gestemmt, und sagt dem Vater, was sie denkt.
Diese Partei sei dumm, böse und reaktionär. Dabei blickt
sie verächtlich auf den von Kleister triefenden Pinsel in
Richards Hand.

Dieses schwarze Haar, diese unergründliche Leiden-
schaft, sagt Richard, während wir durch die Straßen laufen, er in der Hoffnung auf eine zufällige Begegnung, ich,
weil ich gerne eine Art Begleiter bin. Wir sehen das über-
schmierte Gesicht seines Vaters, manche Plakate liegen
in Fetzen auf der Straße. Doch Lenas politische Phase ist
– im Nachhinein betrachtet – von Kürze geprägt. Schon
als sie am Ende desselben Sommers ins Wasser fällt, will
sie von diesem Engagement nichts mehr wissen.

Eine Frau fällt ins Wasser. Und Richard springt hinterher.
Er will verantwortlich sein und Bedeutung für sie haben.
Er will sie in seinen Armen aus dem Wasser tragen, sie ihrer Schale entledigen, sie ergründen. Als sie ein Jahr später
heiraten, bin ich es, der die beiden auf ihrer Hochzeit an
jene Begebenheit erinnern wird. Lena lacht, nein, sagt sie,
das sei nie so gewesen, und Richard, der im Begriff ist, das
Lachen Lenas als Zustimmung zu missdeuten, der viel-

leicht die von mir angedeutete Wasser-Episode ausschmücken möchte, verstummt. Lena sieht in ihrem weißen Kleid bezaubernd aus, denke ich, während sie noch immer lacht und mich übermäßiger Phantasie beschuldigt.

Am späten Abend, als alle bereits betrunken sind und sich die politischen Reden des Vaters in Wirkungslosigkeit verflüchtigt haben, führt mich ein sonderbarer Impuls zurück in Lenas Nähe. Wer bist du, frage ich sie und betrachte ihren schmalen Hals. In ihren Augen geschieht etwas, denke ich, etwas pocht unter der Oberfläche ihrer schwarzen Pupillen, Gedanken durchqueren den Raum, und ihre Hand liegt plötzlich reglos in meiner. Hast du dir schon einmal überlegt, wie es ist, zu ertrinken?

***

Ich verlasse die Stadt auf mehrere Jahre. Von Richard erhalte ich Post. Er ist jemand, der gern Briefe schreibt. Und ich? Ich lese. Richard erzählt von Lena, immer nur von Lena. Du müsstest sie sehen, schreibt er, und ich stelle mir vor, wie sie noch immer durch die staubigen Straßen zieht, einer Vandalin gleich das Leben anderer Menschen kreuzt. Richards Vater wird in meiner Abwesenheit Bürgermeister, seinen Sohn macht er dank seiner Verbindungen zum Besitzer eines leer stehenden Ladenlokals. Er wolle, schreibt Richard, eine kleine Buchhandlung eröffnen, Lena sei ganz fixiert auf den Gedanken, ein solches Wagnis einzugehen.

Meine Rückkehr schiebe ich unzählige Male auf, und so versäume ich nicht nur die Eröffnungsfeier der Buchhandlung, sondern auch den Tag ihrer Schließung. Ich sitze über meinen Studien und muss an den Moment denken, an dem Richard freudestrahlend und mit nassen Klamotten vor meiner Tür stand. Ich katalogisiere die Lappalien meiner wissenschaftlichen Bemühungen und denke immer wieder, wie sicher sich Richard gewesen ist. Du müsstest sie sehen! Kann er sich denn so sehr getäuscht haben?

Erst als ich von Lenas Zusammenbruch erfahre, verlasse ich meinen Beobachtungsposten. Ich lasse meine Arbeit liegen und besteige den nächsten Zug. Noch am selben Nachmittag bin ich mit Richard am Bahnhof verabredet. Als ich am Gleis stehe und mich nach ihm umsehe, überkommt mich ein schon für überwunden gehaltener Drang. Ohne weiter nach ihm Ausschau zu halten, mache ich mich auf dem Weg in die Klinik.

Lena liegt in einem schmalen Bett. Wir blicken uns an und ich bemerke einen Hauch von Überraschung hinter ihren zuckenden Lidern. Wie geht es dir, frage ich, Lena schweigt. Ich erzähle von meinen Studien, meiner Karriere als Wissenschaftler und komme mir unglaublich dumm vor. Wir haben uns fünf Jahre nicht gesehen, sage ich, und Lena sagt noch immer nichts. Plötzlich glaube ich, in ihren dunklen Augen einen Vorwurf zu sehen. Was hätte ich tun sollen, frage ich. Lena schüttelt den Kopf.

Eine Frau fällt ins Wasser. Und was für die umstehenden Personen wie eine Unachtsamkeit, ein Unglück aussieht, ist vielleicht nichts weiter als der Sprung ins Ungewisse, der Wunsch, sich der Kontrolle des Erklärbaren zu entziehen und die vermeintlichen Muster dieser Welt hinter sich zu lassen. Richard ist ganz außer Atem, als er Lenas Krankenzimmer betritt. Ach, sagt er, und weiß nicht, ob er zu seiner Frau oder zu seinem fünf Jahre abhanden gewesenen Freund blicken soll. Ach! Er will sich rechtfertigen, doch er verhaspelt sich, er gibt Lena einen Kuss auf den Kopf und bei mir kann er sich nicht entscheiden, ob er mir die Hand geben oder mich umarmen soll. Schön, dass du bist, sagt er trocken und unterstreicht unwillentlich die Unfruchtbarkeit unseres Zusammenseins.

***

Richard und ich sind noch immer Freunde. Zumindest habe ich, obwohl wir unseren Kontakt gänzlich eingestellt haben, dieses Gefühl. Als ich vor wenigen Tagen in der Zeitung die Meldung vom Tod seines Vaters lese, überkommt mich eine seltsame Traurigkeit. In einem Nachruf steht, er sei ein Mann gewesen, der die Sprache der Bürger gesprochen, der verstanden habe, hinter die Fassaden zu blicken. Ich überlege, Richard anzurufen, ihm beizustehen und zögere doch.

Ich sitze noch jetzt an meinem Schreibtisch hinter einem Stapel Papieren, mache mir Notizen und frage mich, was

Richard gerade tut, was er denkt, wie es ihm geht. Ob er den Verlust seines Vaters beweint? Ich denke zurück und sehe uns durch die Straßen unserer Stadt spazieren, links und rechts die Häuserzeilen. Irgendwann werden wir das Leben durchschauen, sagt Richard, und wir blicken uns um, auf der Suche nach etwas Besonderem, nach etwas, das unseren Gleichschritt durchbricht.

Eine Frau fällt ins Wasser, und ich wünschte, ich wäre dabei gewesen. Wie Richard wäre ich hinterhergesprungen, wie Richard hätte ich versucht, ihr Retter zu sein, wie Richard hätte ich mich in sie verliebt, und alles unternommen, um ihr jeden Wunsch zu erfüllen. Ich hätte Lena jedes Ladenlokal dieser Erde gekauft, nur um noch einmal ihre Hand in meiner zu spüren.

Doch wie mein Freund wäre auch ich gescheitert. Auch ich hätte dem Drang, hinter die Fassaden zu sehen, die Dinge zu erklären, sie zu katalogisieren und in geordnete Bahnen zu lenken, nicht widerstehen können, auch ich hätte ihm unzählige Briefe geschrieben, um die Unfassbarkeit dieses Menschen fassbar zu machen. Du müsstest sie sehen, denke ich, und schiebe die Papiere zur Seite, du müsstest sie sehen. Dann schließe ich einen Moment lang die Augen.

****

Robin Baller, geboren 1987 in Offenbach am Main, ist Autor und Musiker. Für einen Auszug aus seinem Roman »Bodmin Paris« hat er 2013 den Martha-Saalfeld-Förderpreis erhalten. In und neben seinen literarischen Arbeiten beschäftigt er sich mit philosophischen und literaturwissenschaftlichen Themen. Robin Baller ist Begründer und Organisator der seit über drei Jahren regelmäßig stattfindenden Lesungsreihe »Textbühne Mainz«.

Ramona Raabe

Hinter der Sonnenalle, irgendwo

Die verbliebene Frau, eine Neuangekommene, hat eine Geburtstagseinladung erhalten. Zum neuen Lebensjahr. Ein großes Fest soll das werden, die Einladung ist bunt gestaltet und auf Kartonage gedruckt; fühlt sich gut zwischen ihren Fingern an, stabil. Verspricht Heiterkeit und Ausgelassenheit.

Am Hermannplatz steigt die Fremde aus, sie hält den Zettel noch umklammert mit dem Namen des Platzes, welchen die elektronische Frauenstimme gerade noch genauso aussprach, wie der Postbote ihn ihr vorgesprochen hat; »Hermann«, das hat sie sich gemerkt, denn mit »-platz« endet alles, die Wörter, und der Sachverhalt; denn Platz, so sagen viele, gibt es keinen. Nach so einem Satz ist die Unterhaltung bald vorbei. Gerade rechtzeitig windet sie sich aus dem Zug, schon kommen ihr die Massen entgegen, die in das Abteil hineinwollen und sie beinahe zurückdrängen. Sie setzt sich durch, sie schafft es noch; ein paar Gesichter schauen böse, ein, zwei davon, der Rest blickt unbekümmert – nicht jedoch in Unbekümmertheit der sorgenfreien Art, sondern der gleichmütigen.

Sie muss eine Treppe hoch, und wählt die rollende. Es bedeutet eine Art Pause für sie, Stehen und Warten, emporgetragen werden, ein unangestrengtes Glück. Schließt sie die Augen, mag sie träumen, dass sie träumt. Aber auch hier steht sie auf einer falschen Stelle, sie hat das Prinzip vergessen und wird nach rechts gerempelt. Rechts stehen, links gehen. Weiß sie eigentlich, wurde ihr schon beigebracht. Ein Deutscher hat gewitzelt: Politisch machen sie es andersrum. Positionieren sich hier, aber laufen da. Links stehen, rechts gehen. Dieser Weg ist so dicht, dass es keine Mitte gibt. Angerempelt also reiht sie sich zur Seite, der Anrempelnde ist längst verschwunden; drei Stufen auf einmal springend sieht sie nur noch sein Gesäß in verwaschener Jeans, in der er eilig und frei der Rücksicht in seinen Tagesablauf springt. Ein Zeuge schnalzt mit der Zunge, das findet er nicht gut, er lächelt sie milde in kurzem Bündnis an und guckt dann schnell weg, man kennt sich schließlich nicht. Die Sonne knallt vom babyblauen Himmel. Aus düsteren U-Bahn-Höfen hervorkommend kneift sie lichtempfindlich ihre Augen zusammen. Alle Wolken haben sich schlafen gelegt. Weite und Grelle schaffen sich Raum. Alles strahlt. Sie schwitzt unter ihrem Tuch.

Das ist er, der Hermannplatz. Links und rechts, und vorne und hinten, spannt sich eine Weite, die den Platz zur Mitte nimmt und sie in alle Richtungen zieht. Große Bankfilialen und Kaufhäuser bilden die Pfeiler zwischen den Straßen. Mittendrin steht eine Bronzeplastik, die ein tanzendes Paar zeigt. Polizei ist präsent und hat ihren Wagen quer geparkt. Sie weiß, dass sie zur Sonnenallee muss. Auf dem Platz tummelt es sich menschenvoll, dicht an dicht stehen transportable Fress- und Marktbuden beieinander, Currywurst und Backfisch, und ihre Düfte vermengen sich mit dem des Benzins, das die Buden hierher gebracht hat, und dem Geruch der Menschen, die sie betreiben, beides betreiben, den Wagen und den Verkauf der duftenden Kostbarkeiten, von denen manche schon schimmeln und verderben. Sie muss weiter. Die heiseren Rufe der Marktverkäufer bewerben die Ware. Die Früchte hier sind so günstig, weil sie überreif sind. Weil sie morgen schon verdorben sein werden, und die dünne Fruchthaut in wenigen Stunden schon, wird sie berührt, Finger in das nasse Fleisch einsenken lassen wird. Die Frucht ist günstig für alle, die sie in ihrer besten Stunde genießen, und die sie gleichzeitig vor dem unmittelbar bevorstehenden Verfall bewahren. Zum menschlichen Bioabfall zu werden gilt als der wertigere Verfall.

Man sagte ihr mehrfach: Es ist eine der längeren Straßen Berlins. Seit 1938 kurzzeitig Braunauer Straße geheißen, nach dem Geburtsort Hitlers. Nach dem Krieg erhielt sie ihren Namen zurück: Sonnenallee. Die lange Seite der längsten Straße zählt zu einem Teil der Geschichte, das kürzere Ende zu einem anderen. Sie hörte das und fragte sich: Auf welchen Fleck der Welt trifft das nicht zu? Wie jede Seele nimmt auch die der Stadt ihre eigene Geschichte am wichtigsten. Die von Berlin aber hatte sie schon gehört, das mit dem Westen und Osten. Berlin ist ein Ort der Vereinigung und der Freiheit. Das war der Ruf. Die Hoffnung ist ihm gefolgt. Sie überquert eine Ampel, wie auf einen Startschuss hin gehen alle auf einmal los, manche zügig, manche träge.

Manchmal katapultiert sie ihre räumliche Vorstellung in die Obersicht eines Vogels. Das erlaubt ihr, sich aus Situationen zu befreien und die Welt als weiter zu begreifen als das Unmittelbare, das sie erlebt. Jetzt betrachtet sie aus dieser Perspektive das Gewimmel der Sonnenallee, welches von hier wie ein unterhaltsames Miniaturgeschehen nur erscheint. Eine durchmischte Masse, der es kaum gelingt, aneinander vorbeizudrängen. Sie kneift die Augen zusammen: Wer davon bin ich? Welcher Körper da unten ist meiner? Wer bin ich in Abgrenzung zu der, die ich nicht bin?

Sie kommt nur schwer durch die Masse hindurch. Wüssten alle besser, wo sie alles hinkönnten, hier wäre es nicht so voll. Die Sonnenallee ist eine Menschenwand, die sich ihr entgegen schiebt. Es herrscht Personenstau. Jemand schnaubt sie an in wütenden Worten, die sie nicht versteht, so, als treffe sie die Verantwortung. Sie will rufen: Entschuldigung, lassen Sie mich bitte durch, ich bin auf einen Geburtstag eingeladen! Die Menschen sind bunt gekleidet und laut. Sie läuft auf der Allee wie ein Schwergewichtiger auf einem Laufband, und kommt schwitzend nicht vom Fleck. Baugestell-Tunnel leiten sie auf klar vorgegebene Strecken. Ein Überholen unmöglich, der Gegenverkehr strömt. Die anderen schauen sie an, als wäre sie nicht von hier, und viele sind es offensichtlich selber nicht. Der eigene Gedanke erschreckt sie. Offensichtlich, weshalb? Sie hat sich, so scheint es, schon mehr angepasst als vermutet. Es gibt zwei Seiten des Laufbands: Die eine Straßenseite, und die andere Straßenseite. Dazwischen zischen hupende Autos; ihre Besitzer lassen sie grölen, wenn die Technik es erlaubt.

Sie fragte den Briefträger, der ihr die Einladung brachte: Bitte, wo ist dieses Haus?, und ihr Finger fuhr über die Schriftzeilen, die sie als Adresse erkannte. Und er schaute schnell und sprach schnell – Hermannplatz aussteigen, dann die Sonnenallee runter, einfach immer weiter runter. Irgendwo dahinten. Irgendwo dahinter. Irgendwo da. Siehst du schon.

Sie läuft, und die Kleidung schweift an ihren Knöcheln. Sie läuft vorbei an Schnellrestaurants, Bushaltestellen, Biomärkten, Cafés und Handyshops. Totes Tier auf Spießen, Fett auf Ablagen, Obst in Körben, Hintern auf Polstern. Die Körbe stehender Fahrräder wurden zu Müllbehältern gemacht. Eines davon ist weiß gestrichen. Kinder rennen durch die schmalen Freiräume im Stau, und lachen und jammern. Ihre Augen leuchten, wenn sie spielen.

Bis sie auf der Feier ist, will sie sich einen neuen Namen überlegt haben. Sie hat eine lange Liste in ihrem Kopf von solchen, die sie schön findet. Ursprünglich in vager Voraussicht über Jahre für Kinder überlegt, sucht sie jetzt ihren eigenen daraus. Wie wird sie sich gleich vorstellen? Welche Geschichte wird sie erzählen? Diese Wahlmög-

lichkeit, das ist Freiheit. Es sei bei den meisten so, dass sie erst mal kein Deutsch können, natürlich nicht, das hatte man ihr gesagt, da solle sie sich keine Sorgen machen. Wenn das so ist, dachte sie, könnte sie dann nicht behaupten, sie hingegen sei Deutsche, hier geboren, hier aufgewachsen – wer würde es bemerken? Bei dem Gedanken legt sich ein Lächeln auf ihre Lippen. Immerhin spricht sie mittlerweile ganz gut, versteht das meiste im Alltag; es war viel Arbeit, sie ist stolz. Es wäre ihr recht. Denn sie hat kein Bedürfnis über eine Vergangenheit zu sprechen, die sie nicht haben will. Sie erinnert sich an einen Amerikaner an der türkischen Küste, mit dem sie in einer kleinen Gruppe für eine kurze Weile beisammen gesessen hatten. Sie sprachen kaum, aber genossen ein ruhiges, unbekanntes Beisammensein. Er hatte eine Gitarre im Schoß und sang eine Hymne seiner Jugend. Sie fand sich darin wieder: Freedom is just another word for nothing left to lose.
Auf diese Weise will sie nicht mehr ganz frei sein.

Jemand rotzt auf den Boden und verabschiedet das Körpersekret, als wäre es schon der Fremdkörper, zu dem es nun erst wird. Ein anderer reißt sich ein Haar raus. Der Boden ist besät von Genmaterial. Spucke an den Zigarettenstummeln, eingesickert in die Rillen eines in sich trocknend geschrumpften Kaugummis. Das schreiende Baby im Wagen kann schon sitzen, und kriegt eine fette Pommes in den Mund geschoben. Sie geht so schnell, dass sie nicht mehr sieht, von wem. Es wird, denkt sie, die

Mutter oder der Vater gewesen sein. So ist das nämlich. So soll das nämlich überall sein: Eltern versorgen ihre Kinder, sodass sie nicht sterben müssen. Sie passt auf, nicht zu rennen. Sie will nicht mehr rennen. Aber wenn sie nicht rennt, dann fliegt sie schon. Nie bleibt sie stehen, aber es ist ihr, als nehme sie dennoch alles wahr: die kleinen Zeichen, gläsernen Schaufenster, die vielen Menschen. Ihre Kleidungen und ihre Gliedmaßen, die an ihnen herunterbaumeln. Jemand zieht mehrmals ein schmatzendes Geräusch zwischen die geschlossenen, gespitzten Lippen, er fiept und schnalzt, so, wie man etwa ein niedliches Tierchen anlockt, und neigt die Lippen dabei ganz nah an ihr Ohr. Heißer, fremder Atem. Der Ton flutscht ihr direkt hinein. Ekel, dann egal. Sowas sollte sie nicht mehr kümmern. Sie ist auf einen Geburtstag eingeladen. Jemand feiert sein Leben. Sie hat sich tagelang gefreut, verschiedene Kleidung anprobiert. Nun trägt sie etwas simples, dunkelblaues; weniger Statement, flexibler für neue Freundschaften. In ihrer Tasche, schwer und handlich, liegt das Geschenk. Sie hat es liebevoll eingepackt. Dem Geburtstagskind eine Freude zu machen ist ihr das Wichtigste, der Anblick des Geschenks, das Überreichen des Verpackten, der Moment der Überraschung, der Ausdruck des Beschenkten. Die Sicherheit im Zeremoniellen. Selbst wenn der Inhalt gar nicht mehr freut, selbst wenn der Inhalt, das weiß sie, absolut unbrauchbar und nicht mal schön anzusehen ist. Es handelt sich um eine – nein, das war eigentlich egal. Es ist ein Geschenk. Das ist es.

Auf welcher Straßenhöhe ist sie nun, an welchen Hausnummern streift sie nun vorbei. Solange ist sie schon unterwegs, es ist die acht-und-und-neunzig … bei den unendlich vielen Kombinationsmöglichkeiten von Zahlen, wie soll sie da das richtige Haus nur finden? Weil sie geordnet sind, Zivilisierte! Weil sie einer sinnvollen Struktur folgen, Zivilisierte! Weil nach der acht-und-neunzig die Hundert kommt!, ist's nicht so?, Zivilisierte? Aber es stimmt. Es folgt die Hundert, und der folgt die Hundertzwei … das ist ihr seit Kindheitstagen vertraut, so kennt sie das. Es fehlen keine Häuser in den Reihen Deutschlands. Sie lassen sich wunderbar abzählen. Ein Teil von ihr sehnt sich nach Entzivilisierung, im erinnerten Grauen. Grauen vor dem Krieg, den die Zivilisation erst industrialisiert hat. Ein anderer Teil des Teils sehnt sich nach Entzivilisierung, in der verspürten Hoffnung. Hoffnung auf den Wegfall einer Bürokratie, mit der die Zivilisation Ordnung schaffen will, die wiederum Kategorien, die wiederum Grenzen zieht. Was wird ihre Grenze sein? Wer wird sie bestimmen? Sie denkt nicht weiter darüber nach, denn sie hört die Worte: »Du Opfer-Kanake, halt die Fresse, du Wichser!« Sie hat eine spielerische Taktik, sich durch böse Wörter nicht aus der Fassung bringen zu lassen, stattdessen nämlich übersetzt sie frei ins Gegenteil: Du Täter-Deutscher, sprich aus dem Munde, du Keuscher! Ob »Deutscher« die richtige Übersetzung ist, bezweifelt sie, aber ihr ist zu wenig klar, wer denn nun genau alles ein Kanake sein soll, um daraus das Gegenteil abzuleiten, und außerdem reimt sich diese Variante, wenn auch schlecht. Versuchte Poesie ist besser als keine. Aus einem der Kioske spielt Radiomusik: Somewhere over the rainbow. Sie kennt das Lied, sie mag es. Es erinnert sie an ihre tote Mutter, die in der Küche damals zu den exotischen Klängen tanzte und die Worte auf ihren Lippen trug. Im Gesang gehen Akzente verloren. Way up high. And the dreams that you dreamed of, once in a lullaby. Kurz möchte sie in den Laden, aber sie muss weiter, sie muss auf den Geburtstag. Die Leute schauen sie seltsam an. Willste jetzt rein oder willste nich? Flaschenöffner knacken Deckel ab. Fruchtiger Rauch aus den Wasserpfeifen zieht ihr in die Nase und nebelt sie meterweise ein. Es ist ihr, als starren alle diese anderen sie an, aber sobald sie näher kommen, erkennt sie, dass sie, ganz knapp nur, an ihr vorbeisehen. Würden ihre Blicke Kugeln schießen, ihr scharfer Luftzug schrammte sie an den Wangen. Es ist keine Zeit, um auf die Uhr zu schauen. Sie hat auch keine bei sich. Der Blick des Hinterkopfs hält sich immer auf den Himmel gerichtet. Die Sonne knallt nicht mehr; die Temperatur gibt sich unentschlossen. Etwas legt sich, etwas braut sich zusammen. Das Treiben bleibt geschäftig. Wie viel Uhr genau, fragt sie sich jetzt, sollte die Party eigentlich beginnen? Der Stau hat sich etwas gelöst, sie könnte nun stehenbleiben ohne angerempelt zu werden. Sie will eine Passantin fragen und zeigt ihr die Einladung, die schöne Einladung, die sie noch immer in den Händen hält, mehr, um sie zu bewundern als zur Information. Die Frau winkt kopfschüttelnd ab, ehe die Frage überhaupt formuliert werden kann. Das Szenario wiederholt sich weitere Male. Leere, kopfschüttelnde Gesichter, sich abwendende Körper. Begegnungen von Unverständnis. Nun gut, macht nichts, sie hat auch keine Zeit dafür. Irgendwo wird es sein, hinter der Sonnenallee. Irgendwo da, sagte der Postbote. Siehst du schon. Es überkommt sie das Gefühl einer rückwärtigen Bewegung. Sie versucht, dem mit Tempo zu begegnen. Die falschen Häuser ziehen an ihr vorbei, die hinteren, die schon passierten, die sie schon passierte, oder sind es tatsächlich dieselben, dieselben Farben, Bauten, Geschäfte und Menschen, die stehend auf ihren Balkonen rauchen? Nun muss sie doch laufen. Sie beginnt zu rennen, als sei sie noch immer auf einer Flucht. Es ist schon spät. Und während schon Bekanntes trotz ihrer Vorwärtsschritte an ihr vorbeiläuft, verdunkelt sich der Himmel, als habe die Erdhälfte sich eine Kapuze übergezogen. Er zieht sich im verschluckenden Winkel über die Allee, wie einer, der kopfüber ins Wasser taucht. Lichter der Geschäfte springen schwach an. Wenig eindrucksvolle Installationen. Das macht sie hektisch. Sie wird zu spät zum Geburtstag kommen, zu spät! Das Babyblau ist rasch zu einem nächtlichen Lila gealtert. Es wird einsam auf den Straßen; die meisten Menschen hier haben Schlupflöcher. In einem Moment stehen sie tönend auf der Straße, ausgelassen, und reich an Appetit, und plötzlich sind sie, wie auf ein magisches Schnipsen, in ihren Höhlen verschwunden, geschützt hinter verschlossenen Türen. Hat sie sich vorher ein wenig beäugt gefühlt, wünscht sie nun, jemand beachte sie.

Ein Unwetter zieht auf. Die Bäume, welche die Allee säumen, biegen sich blätterraschelnd in Windrichtung. Sie denkt nicht daran, sich Schutz zu suchen; sie muss auf den Geburtstag. Nun kann sie nur noch einige Meter weit sehen. Ihr Gewand schlingt sie enger um sich und zieht ihre Hände an den eigenen, wärmenden Körper, die Einladung an ihr Herz. Die Frau weiß nicht weiter außer geradeaus. Es wird kalt. In den Häusern gehen Lichter an wie hunderte trübe Augen steinerner, fauler Ungeheuer. Dann hört sie etwas. Es kommt aus dem Nebel sehr langsam und wacklig ein Mann auf einem alten Fahrrad an ihr vorbeigeradelt. Die Räder quietschen in zittrigen, unkoordinierten Bewegungen. An die Lenker sind zwei prächtige Papageien befestigt, ein roter, und ein gelber, und hinten, auf dem Sattel, ein weißer Kakadu mit gesträubter, gelber Haube. Ihre Farben sind glimmende Punkte in der Dunkelheit. Das Neon-Gefieder kreischt heiser aus den Vogelkehlen. Sie will fragen, wie lange die Straße noch geht. Diese Papageien sprechen nicht. Angebunden an Zehen und Krallen fahren sie mit ihrem Herrchen die Allee hinunter, reglos sitzen sie da, und spannen die Flügel nicht; der Mann schaut sie nicht an und passiert an ihr vorbei. Er pfeift seinen Vögeln beruhigend zu. Es ist mittlerweile zu dunkel, um Straßenschilder zu erkennen. Tropfen fallen aus dem Himmel.
Erst klopfen sie am Asphalt an, schon trommeln sie.
Es beginnt zu stürmen auf der Sonnenallee, es flutet. Einzelne, übrig gebliebene Passanten kämpfen sich in gebeugter Haltung gegen den Wind. Es lässt sie alters-

schwach aussehen. Geläuterte Wetterkrieger mit müden Gliedern. Ein mittelalter Herr jedoch fällt aus dieser Reihe. In kerzengerader Haltung setzt er hölzern, aber geschwind einen langen Schritt nach dem anderen; er überholt sie von rechts. Ein letztes Mal will sie jemanden ansprechen und um Orientierungshilfe bitten, doch er hört sie nicht, obwohl sie lauter ruft als zuvor; Windschreien und Regenschlagen, sagt sie sich, sind wohl zu laut geworden. Nun wird es ihr unwirklich.

Albtraumhafte Schatten ziehen auf. Es fiebert in ihr. Der Mann, kaum hat er sie überholt, lässt sich vornüber auf den Bauch fallen. Er schlittert wie ein Brett aus Mensch über den Wasserfilm, unter dem der Asphalt sich zu verweichlichen beginnt, und wird vom Nebel verschlungen. Sie hört noch ein vergnügtes Jauchzen, es scheint ihm ein Sport zu sein. Erschrecken, dann egal. Muss weiter. Und plötzlich ist es, als kippe die Straße vornüber, als senke sie sich durch ein herabreißendes Gewicht in eine Tiefe, in welche das gravitationshörige Wasser sich anschicken müsste, sie hinabzuspülen. Die Senkung macht ihr nichts, sie muss ohnehin in die Richtung, es hilft also. Die Kälte macht ihr nichts; auf dem Geburtstag wird es warm sein. Ein heftiger Windstoß erfasst sie, sie bleibt standhaft, aber der Wind reißt ihr die Arme zurück, und dann, in einem fatalen Moment haltlosen Taumelns, die Einladung aus den sogleich gespreizten Fingern. Instinktiv wirbelt sie herum und versucht mit dem ganzen Körper nach ihr zu schnappen, doch sie ist fortgerissen aus ihren Händen und verflogen. Die Frau spürt ein Zittern in ihren Knöcheln und Waden an ihrem Körper rütteln, sie gewährt ihm keinen Einlass und stampft mehrfach auf, um den Krampf abzuschütteln. Hält den Blick nach vorn gerichtet: Die Allee herunter, irgendwo dahinter, hat es geheißen. Braucht keine Einladung, das weiß sie auch so. Der Kompass ist sie, die Suchende, die Sehnsüchtige. Tapferkeit ist keine Frage der Fähigkeit, sie ist Notwendigkeit. Die Frau ist fast da. Sie glaubt Hausnummern zu erkennen durch die Augen, die sie nun im Schutz vor dem Wind zusammengekniffen hat. Ihr Tuch hat sie sich über den Mund gezogen. Ein Donner rumpelt in der Ferne. Geburtstag wird im Geborgenen gefeiert, bei Kerzenlicht auf Schokoladenkuchen. Konfetti im Haar, Luftschlangen, die sich am Kronleuchter verfangen. Dort ist der Sturm, den sie erlebt, nur ein Ausschnitt am Fenster, kaum mehr als ein wandelbares Bild, beinahe wie ein digitales Gemälde, das sich bewegt und in einer eigenen Realität vorüberzieht. Den Ein- und in sich Gekehrten nur ein abwechslungsreiches Fenster zur äußeren Welt. Wie ein Fernseher. Oder eine empathische Erinnerung an ein eingebildetes Selbst, die wie ein alter Spielfilm durch das schläfrige Gedächtnis flackert. Ihr macht die Kälte und die Nässe nichts. Beides wird sie nicht durchdringen. Nein, sie nicht. Sie ist jetzt hier und resistent. Es dringt ihr Wasser in Nasen und Ohren; das Tuch presst sie fest gegen den verschlossenen Mund, es ist ganz aufgeweicht. Jeder Atemzug zieht automatisch Wassertropfen ein. Dann aber kommt ihr ein Gedanke! Und es schlägt in sie ein wie ein Blitz, der sie erstmals wirklich anhalten lässt. Konnte es sein – das durfte nicht ...!

Bestürzt öffnet sie ihre Tasche, und packt ins Nass hinein. Die Resthoffnung widerspricht dem Gesetz der Logik, aber sie greift mit ganzer Hand in den Innenraum ihrer Tasche, die zu einem wassergefüllten Gefäß schon geworden ist, und dort unten, tief im Grund, spürt sie das Geschenk versunken. Bis zum Ellenbogen fasst sie in die Tiefen der Handtasche hinein. Ihre Finger ertasten das kleine Bündel. Sie reißt es heraus und hält es vor ihre Augen, in denen die Tränen aufsteigen, heraus aus dem Innersten, sie hält das Geschenk sehr nah ran und erkennt, wie sehr nass es geworden ist, wie triefend, wie von Wasser zersetzt, und es zerfällt in Lappen und Fasern, noch in dem dunkelroten Papier aus Naturseide. Ihr Geschenk ist verloren. Die Erkenntnis trifft sie mitten ins erschöpfte Herz. Ihr Mund öffnet sich, doch der Wind reißt ihr auch den Schrei von den Lippen. Sie hat nichts mehr zu schenken. Wer würde es noch wollen? Tropfender Müll. Der Tag ist vorbei. Jetzt ist es schon nicht mehr dunkel, jetzt ist es einfach Nacht. Sie werden schon gesungen haben; den Text hat sie gelernt: Heute kann es regnen, stürmen oder schnei'n, denn du strahlst ja selber wie ein Sonnenschein. Wo soll sie hin? Sie hat es verpasst.
Sie hat ihren Geburtstag verpasst.
Eine Träne fällt ihr aus dem Auge, und in ihre Tasche hinein. Von dort sickert sie hindurch auf die flutende Straße – und wird zum einzelnen Tropfen von einer Unendlichkeit, die, wie immer schon, in ihrer Unfassbarkeit verloren geht.

Ramona Raabe, geboren 1992 in Köln, studiert Film und Literaturwissenschaft in Berlin und Los Angeles. Im Alter von sieben Jahren schreibt und veröffentlicht sie ihre erste Kurzgeschichte. Es folgen weitere Publikationen in Anthologien und Zeitungen. Für die Arbeit an ihrem Roman »Perlmutt-Asche« erhält sie 2013 den Martha-Saalfeld-Förderpreis. Ramona Raabe lebt in Berlin.

Julia Alina Kessel

Kreuzfahrt

»Verzeihung?«

Der monströse Hut verharrt in Bewegungslosigkeit. Ohne Regung starrt sie in die Ferne, als gebe es dort etwas zu sehen. Ich folge ihrem Blick. Vor uns regiert nichts als ungewisse Schwärze.

Ich räuspere mich und versuche es noch einmal, etwas lauter: »Verzeihung?«

Das Rattern der Motoren unter meinen Füßen lässt meine Stimme verschlucken. Wieder rührt sie sich nicht. Orientierungslos sehe ich mich um. Wir sind die Einzigen auf dem Deck. Eisig zerrt der Wind an meiner Kleidung, nur ihren Hut scheint er auf seltsame Weise zu verschonen. Noch einen Schritt näher komme ich ihr.

»Können Sie mir sagen, auf was für einem Schiff wir hier sind?«

Nach einigen Sekunden trete ich zu ihr heran an die Reling und sehe nun, dass sie das Geländer mit beiden Händen umklammert hält, einen Fuß auf die untere Strebe gestellt. Silbern glimmt die Schuhschnalle im Mondlicht. Plötzlich kommt Bewegung in ihre grazile Gestalt. Schweigend wendet sie sich zu mir und unsere Augen treffen sich. Ein Schaudern überfällt meinen Rücken. Ihr Blick ist dunkel wie die Nacht um uns herum und so tief wie das Meer, das wir durchqueren. Dann dreht sie sich um und geht.

Hinterherlaufen möchte ich, sie schütteln, anschreien, doch ich weiß, dass es sinnlos ist. Schon hat sie das Deck überquert und ist, die Treppe vor dem Schornstein hinunter, verschwunden. So schnell, dass ich mir nicht sicher bin, ob ich mir ihre Existenz nicht bloß erträumt habe. Meine Stirn schmerzt. Als ich mit der Hand meine Schläfe betaste, fühle ich warme Nässe.

Wo bin ich hier?

Und wie bin ich hierher gelangt? Leere liegt in meinem Kopf, jegliche Erinnerung hat ihr den Platz geräumt.

Und noch viel drängender: Wohin geht die Fahrt?

Vorsichtig lehne ich mich über die Reling. Mit brutaler Anmut teilen die Schiffsschrauben das Wasser. Das Meer sieht bitterkalt aus. Mein Magen zieht sich zusammen. Gerade als ich mich wieder zurückbeuge, stoße ich mit meinem rechten Fuß gegen einen weichen Gegenstand. Noch beim Bücken erkenne ich den Hut. Der Filz wird von Pfauenfedern geschmückt. Sie muss ihn verloren haben. Rasch hebe ich ihn auf und mache mich damit auf in Richtung der Treppen. Vielleicht kann ich sie noch einholen.

Bereits auf den Stufen höre ich immer lauter werdende Geräusche und bleibe vor Überraschung stehen, als sich ein unerwartetes Bild vor mir erstreckt. Links an der Wand spielt eine Band eine Mischung aus allen nur erdenklichen Musikrichtungen, und das in einer Lautstärke, die es kaum möglich macht, dass vom Oberdeck aus nichts zu hören war. Der gesamte Raum quillt über vor

Menschen, die wirken, als feierten sie soeben das Fest ihres Lebens. Drehende, Wiegende, Tanzende, Stampfende überall. Ich gehe auf den Nächstbesten zu, einen älteren Mann, der eine junge Frau in seinem Arm hält.

»Verzeihen Sie, wohin fahren wir?«

Doch wie vorhin bekomme ich auch jetzt keine Antwort auf meine Frage. Er dreht sich mit seiner Tanzpartnerin einfach ausgelassen weiter, ohne mich eines Blickes zu würdigen.

»Wohin fahren wir?«

Der junge Mann, dem ich auf den Arm getippt habe, lacht nur.

Wütend grabe ich meine Finger in seinen Unterarm: »Sag mir sofort, was für ein verdammtes Schiff das ist!«

Er entreißt sich meinem festen Griff, lacht erneut und entgegnet gelassen: »Keine Ahnung.« Dann nimmt er seinen Tanz wieder auf, als sei nichts geschehen.

Auch sonst nimmt keiner von mir Notiz. Auf einmal vernehme ich eine zeternde Kinderstimme. Als ich mich umwende, sehe ich einen jungen Mann, ungefähr in meinem Alter, mit einem kleinen Mädchen auf dem Arm.

»Ich will nach Hause, Papa. Ich will nach Hause!«, heult es laut. Der Vater versucht vergeblich, seine Tochter zu beruhigen. Soeben möchte ich mich wieder den Tanzenden zuwenden, da sieht das Kind mich. Es ist der einzige direkte Blick hier. Er geht mir durch Mark und Bein.

Ein plötzlicher Ruck lässt mich herumwirbeln. Ein Schaffner, wie man sie sonst nur in Zügen zu Gesicht bekommt, hat mich an der Schulter gepackt.

Zeigen Sie mir Ihre Fahrkarte!«, knurrt er mir zu.

Nervös durchwühle ich die Taschen meines Jacketts. Sie sind leer. Ich besitze nichts.

»Hab ich's mir doch gedacht!«, bellt er jetzt. »Mitkommen!«

Hilflos schaue ich den Mann und das Mädchen an und lasse mich von dem Uniformierten mitzerren. Die Menge tanzt unbeirrt weiter. Niemand versucht, mir zu helfen. Grob zieht der Schaffner mich hinter sich her und schimpft dabei noch immer vor sich hin. Verkrampft umklammert meine linke Hand den Hut. Durch Gänge und Türen stolpere ich ihm hinterher, bis ich völlig die Orientierung verloren habe. Auf meine Fragen geht er nicht ein. Dann werde ich in einen dunklen engen Raum geschubst, die Tür knallt hinter mir zu, der Schlüssel dreht sich im Schloss.

Schon will ich protestieren, mit meinen Fäusten gegen die Tür hämmern, da sagt eine Stimme hinter mir: »Hör auf.«

Erschrocken fahre ich herum. Nachdem meine Augen sich an die Dunkelheit gewöhnt haben, kann ich einen weißen Haarschopf ausmachen. Ein alter Mann sitzt auf dem Boden, den Rücken an die Wand gelehnt.

»Hör auf, du machst es nur noch schlimmer.«

Nach kurzem Zögern lasse ich mich mutlos neben ihn fallen, einen Meter Sicherheitsabstand entfernt. Ich blicke ihn an, er starrt auf den Boden.

»Hast du auch keine Fahrkarte?«, möchte ich von ihm wissen.

Er schnaubt verächtlich durch die Nase. »Niemand hier hat eine Fahrkarte.«

»Aber warum wurde ich dann hierhergebracht? Warum ich und niemand von den anderen?«, frage ich erstaunt.

Jetzt sieht er mich zum ersten Mal offen an. »Du warst zu auffällig.«

»Auffällig?«

»Hast du getanzt?«

Verdutzt schüttele ich den Kopf. Ich bin mir nicht sicher, ob er es sehen kann. Er schweigt.

Auch ich hänge eine Weile meinen Gedanken nach. »Was machen sie mit uns?«

»Der Turbinenraum. Jemand muss die Motoren ja in Gang halten.«

»Wohin fahren wir?«

»Das weiß ich nicht.«

»Und wie lange noch?«

Er schweigt.

Angst kriecht in mir hoch. Was ist das für ein verfluchter Ort? Ich muss fort von hier.

»Ist so ein Schiff nicht ein sonderbarer Ort? Alle Wege kreuzen sich hier.« Mir scheint fast, als ob er lächelt.

Der Filz saugt mir den Schweiß von der Hand. Grübelnd drehe ich den Hut in meinen Fingern. Ist das eine Möglichkeit? »Hör zu, ich muss aus dem Raum hier rauskommen.«

Er nickt.

»Hilfst du mir?«

Er nickt wieder.

Kurz glaube ich, der Alte hat mich nicht verstanden, da bricht er plötzlich in ohrenbetäubendes Gebrüll aus. Sogleich geht die Tür auf und ein Schaffner stürzt auf den Schreienden zu.

Schnell drücke ich mich durch die offene Tür auf den Gang. Ohne mich noch einmal umzudrehen, renne ich auf die Tür am Ende zu. Hätte ich ihn mitnehmen sollen? »He, da haut uns einer ab!«, tönen Rufe hinter mir.

Mein Puls rast, der Atem geht mir schwer, doch ich laufe weiter. Gang über Gang, Tür durch Tür und wie durch ein Wunder schneidet mir niemand den Weg ab. Nur Schritte poltern hinter meinem Rücken, wütende Stimmen sind mir dicht auf den Fersen. Weiter, immer weiter, nur kein Stillstand. Endlich erreiche ich die Treppe, schon kann ich kalte Luft fühlen.

Als ich auf das Oberdeck hinausstolpere, stockt mir für einen kurzen Moment der Atem. Statt auf dem Heck bin ich nun am Bug des Schiffes angelangt. In die falsche Richtung bin ich geflohen. Der Lärm wird lauter. Mir bleibt keine Wahl.

Menschenleer ist das Deck. Auf dem hölzernen Boden an der Seite nahe der Reling blitzt etwas in die Nacht. Beim Näherkommen erkenne ich sie. Zwei Damenschuhe mit silberner Schnalle stehen ordentlich nebeneinander, als hätte ihre Trägerin sie in ihrer Wohnung nach einem langen Arbeitstag auf der Fußmatte abgestellt.

Noch zögerlich klettere ich auf das Geländer und beuge mich ein Stück nach vorne. Steil erstreckt sich gnadenlose Tiefe unter mir. Wenn ich mich nicht weit genug abdrücke oder im Wasser nicht schnell genug bin, wird mein Körper an der Seite des Schiffes zerschellen.

Bedrohlich kommen die Stimmen immer näher. Mir bleibt keine Wahl. Alles ist besser als dieses Schiff, als diese ungewisse Ohnmacht. Und dann, dann lasse ich mich fallen. Hinein in die Nacht, in den Tod und das Leben. Eine Pfauenfeder löst sich im Flug. Das Eismeer erwartet mich mit liebenden Armen.

Julia Alina Kessel, geboren 1990 in München, aufgewachsen in Schleswig-Holstein. Nach dem Abitur studiert sie Theaterwissenschaft, Filmwissenschaft, Deutsche Literatur und Philosophie in Berlin. Dies ist ihre erste Veröffentlichung.

Fabian Herriger

Uniformen

Wie ein angeschossenes Reh rennt er durch das Dickicht.
Schon seit Stunden arbeiten alle seine Sinne auf Hochtou-
ren. Wie lange genau er schon durch diesen Wald läuft,
weiß er nicht. Er hat jedes Zeitgefühl verloren. Vor ihm
sieht er den breiten Rücken seines Freundes Kurt, der
ebenso wie sein eigener Körper in einer zum Tode ver-
dammenden Uniform gefangen ist. Er riecht die modrige
Feuchte des Holzes, das unter seinen Stiefeln bricht. In
seinem Mund liegt der schale Geschmack seines müden
Körpers. Der Wind rauscht durch die Wipfel dieses deutschen Waldes, als würde auch er spüren, dass die Stunde
des Sieges gekommen ist. Das Böse bezwungen, eine Welt
hinterlassend, in der das Gute nur noch eine vage Erinnerung an vergangene Zeiten ist. Aber wie leuchtend das
Grün im Frühling nur ist! Schaut, die Blätter wippen so,
als wäre alles noch heil in dem blutdurchtränkten Land.
»Wir laufen Richtung Norden bis wir weit genug weg von
allem sind, um auszuruhen«, hatte Kurt gesagt. Den Kamerad durchströmt Dankbarkeit für diesen Freund, der
so viel stärker scheint als er selbst. Ohne Kurt wäre er
wahrscheinlich schon tot. Er folgt ihm ohne den leisesten
Zweifel. Seinem Freund. Seinem Retter.
Ein Regen durchzieht die Uniformen mit kaltem Wasser

und wäscht den Schweiß von den Gesichtern und Körpern der Laufenden. Die Stiefel sinken tief in den schlammigen Waldboden ein. Unstillbar ergießt sich der Regen aus einer unsichtbaren Wunde im Himmel. Kurt bleibt an einem großen Baum stehen, vor ihm wirft sich das Land zu einem Hang auf. Er dreht sich zu seinem Kameraden um. Seine Gesichtszüge sind müde und angestrengt, aber seine Augen glühen hellwach. »Lass uns ein paar Minuten hierbleiben«, ordnet er mit seiner tiefen Stimme an. So warten die beiden Freunde schweigend. Die Tropfen knallen wie Geschosse auf die wehrlosen Blätter, die sich sodann wieder nach oben recken, um den nächsten Treffer zu empfangen. Kleine Bäche rinnen den Hang hinunter und verschwinden weiter unten im Dickicht. Irgendwann wird der Regen weniger. Irgendwann hört der Regen auf. Irgendwann schleichen sich Sonnenstrahlen auf den Boden. Die Freunde kämpfen stehend mit ihrer Erschöpfung. Keiner traut sich auszusprechen, was doch beide denken: Eine kleine Pause wäre doch in Ordnung? Ist man nicht schon in sicherer Distanz zu den todbringenden Vorgesetzten?

Kurt regt sich als Erster wieder aus seiner kraftlosen Starre. Wieder setzt er einen Fuß langsam vor den anderen. Bald hört er auch die Schritte seines Freundes hinter sich. Sonnenstrahlen fallen auf die Haut der beiden Flüchtenden und suchen sich ihren Weg unter die durchnässte Kleidung. Mühsam quälen sich ihre beiden Körper den Hang hinauf, verlieren immer wieder den Boden, rut-

schen einige Meter hinunter, und kommen dem Felsen
am oberen Ende des Hanges doch immer näher. Ein Felsen, der dort so uralt, friedvoll und verlassen im Nirgendwo herumliegt, als wäre er einmal in einer anderen Welt
vergessen worden. Kurt erreicht ihn als Erster. Plötzlich
schnellt seine Hand nach hinten und sein Körper erstarrt
im Schritt. Diese Bewegung versetzt dem Kameraden das
Herz in einen rasenden Galopp. Es droht an Ort und Stelle zu verglühen, so schnell wie es schlägt. Tausend mögli-
che Gefahren könnten hinter diesem Felsen liegen. Doch
auch sein Körper ist nun ruhig gestellt, gefesselt aus dem
Innern, von der feuchten Luft gehalten. Die zwei Freunde
sind so steinern wie der Fels, der sie überragt. Mit einer
Handbewegung bedeutet Kurt seinem Kameraden näher
zu ihm zu treten. Die zwei Augenpaare blicken jetzt gemeinsam auf das, was sich vor ihnen erstreckt – dort liegt
ein See, in dem sich das warme Licht der Sonne spiegelt,
umzingelt von den dichten Baumreihen des Waldes. Und
noch etwas anderes, ein Spiegelbild, das sie selbst abbil-
den könnte, gäbe es nicht den fatalen Unterschied: die
Uniform des Feindes.

Kurts Hand zittert, als sie langsam zum Griff der Pistole
wandert. Sein Freund tut es ihm gleich und hebt das Metall hervor. Das Blut rauscht immer schneller durch die
angespannten Körper. Nun sind sie keine angeschosse-
nen Rehe mehr, sondern Jäger, die dem Wild beim Trinken am See auflauern. Stille. Das Rauschen des Windes
durch die Wipfel, das vereinzelte Zwitschern eines Vo-

gels, sonst nichts. Ihre Schritte werden vom Waldboden geschluckt. So nähern sie sich den beiden Fremden, die Pistolen immer auf deren Rücken gerichtet. Es sind nur noch wenige Meter, die die beiden Freunde von ihrem vermeintlichen Spiegelbild trennen. Sie stehen jetzt nebeneinander, die Augen weit aufgerissen, fokussiert auf das, was sie »den Feind« nennen. »Hände hoch!«, brüllt Kurt. Und die beiden Fremden fliegen hoch, als wäre ein Blitz in ihrer Mitte eingeschlagen. Ihre aufgeschreckten Gesichter drehen sich um. Blicke, die Vögel verstummen lassen. Sie reißen die Arme in die Luft. Sie flehen um ihr Leben. Kurt tritt noch einen Schritt näher auf sie zu. Die Pistole zittert in seinen Händen. Er erkennt die britische Uniform, Fallschirmjägerhosen, die Maschinenpistolen an ihrer Hüfte. Ein Finger wartet am Abzug der Pistole auf seinen Befehl. Kurt blickt auf die wehrlosen Männer vor sich. Wie oft hatte er in den letzten Jahren Männer wie diese gesehen? Wie oft hatte es ihnen nichts genützt, die Hände in die Luft zu heben und um Vergebung zu flehen? Und wer weiß schon, ob es nicht sogar besser ist, zu sterben? Ein Knall und alles wäre vorbei, vorbei die eine Menschenseele in dieser verfluchten Zeit. Kurt lässt langsam seine Waffe sinken. Er legt sie auf den Waldboden und schiebt sie mit dem Fuß von sich weg. Nach einem kurzen Zögern folgt der Kamerad seinem Beispiel. Kurt streckt jetzt seine Hand den Fremden hin. Dieselbe Hand, die eben noch die Pistole hielt. Der wolkige Todeshauch, der die zitternden Engländer eben noch umgab, wird von der Hoffnung auf Leben vertrieben. Sie nehmen ihre Hände herunter, greifen ihre Maschinenpistolen und legen sie vor sich auf den Boden. Dann packt der erste die deutsche Hand und schüttelt sie.

Es werden keine Worte gewechselt, doch die Entschlossenheit in Kurts Augen besiegelt die Gültigkeit des Bündnisses. Nachdem sich die verfeindeten Hände umschlossen haben, zeigen die beiden Engländer den Deutschen vorsichtig an, sich an eine Stelle am See zu setzen. Kurz droht die Furcht vor den Fremden wieder aufzuflammen, doch nach einem Zögern lässt sich der ungewöhnliche Besuch nieder. Wenig später brennt ein kleines Feuer vor ihnen und die beiden Deutschen finden sich mit einer Tasse dünnen, schwarzen Tees wieder. Vielleicht ist es dieses erste, zaghafte Lächeln des Engländers, der ihnen den Tee reicht, vielleicht das höfliche Zuprosten der Deutschen oder die ersten Versuche Worte zu wechseln, was die Angst voreinander schließlich weichen lässt. Mit Händen und Füßen reden die vier Entflohenen über Zuhause, über Sport und Frauen, darüber was sie als Erstes machen werden, wenn sie wieder in der fernen, verschwundenen Heimat ankommen. Für Stunden sitzen sie so zusammen am See, geben sich gegenseitig Ruhe und verwehren sich jeder misstrauischen Regung. Irgendwann holen die Engländer zwei Zigaretten hervor und zünden sie an. Dünne Rauchschwaden wehen zu den Wipfeln fort. Während die Zigaretten reihum weitergegeben werden, ist es eine Weile sehr still. Der eine schließt die Augen in Andacht des Windkonzertes. Der andere lächelt schwermütig, als es ihm gelingt, sich die Gesichter seiner Geschwister oder das Gefühl eines Kusses hervorzurufen. Vielleicht hätte man den ganzen Abend und die ganze Nacht so nebeneinander sitzen können. In einer Stille, die kein Schweigen wäre. In der stumm all das zwischen ihnen ausgesprochen werden würde, was sich an Schrecken, Schuld und Schicksal auf die müden Schultern gelegt hat. Doch man kann nicht zusammenbleiben. Das wissen sie alle. Sie müssen ihren Pakt wieder aufbrechen, sonst wartet auf sie Gefangenschaft oder Tod. Es bleiben nur Versicherungen der Dankbarkeit und ein Abschied in Umarmungen. Sie wünschen sich viel Glück. Mehr können sie nicht füreinander tun.

Manch Träne stolpert aus einem erschöpften Auge. Und doch: Eine Träne, die Kraft schenkt. Denn auch wenn keiner von ihnen sich in Sicherheit wägen kann, ist es jetzt leichter, an etwas zu glauben. Hat sich die Welt für die vier Männer doch für einen kurzen Moment mit der Hoffnung gefüllt, dass noch nicht alles verloren ist. Dass es immer Menschen geben wird, die in einem stürmischen Meer aus Hass nicht untergehen, nie untergehen werden, sondern beständig schwimmen und bei allem Irrsinn noch klar denken können. Menschen, an denen sich andere in der Not festhalten können.

So wie ich mich siebzig Jahre später an ihm, der einst mit Kurt um sein Leben rannte, festhielt. Ich war am Ende meiner Flucht aus Syrien in Deutschland angekommen.

Er saß auf einer Bank in einem Park unserer Unterkunft. Durch das dicke Glas seiner Brille betrachtete er die Jogger, Fahrradfahrer und Spaziergänger, die in einem steten Strom an ihm vorbeizogen. Als ich mich neben ihn setzte, nahm ich ihn zuerst nicht wahr. Meine Gedanken waren in fernen, verlorenen Welten. Mein Körper glich einem Paket, das in Deutschland ohne seinen Inhalt angekommen war. Ein leerer Blick, dunkle Augenringe, eingefallene Wangen. Die Zeichen von monatelangen Strapazen und unzähligen schlaflosen Nächten. Ich bemerkte ihn erst, als er mir eine Tasse schwarzen Tees anbot, die er aus einer großen Thermoskanne eingoss. »Have some tea. It helps in troubling times«, sagte er zu mir und ich nahm sein Angebot an. Wir saßen eine Weile still da, beide mit einer heißen Tasse Tee in der Hand. Dann fragte er mich, woher ich käme. Und ich begann zu erzählen. Und je mehr ich ihm an diesem Nachmittag erzählte, Stunde um Stunde, desto mehr füllte sich mein Körper mit Leben. Er hörte aufmerksam zu, fragte nach, machte mir Mut. In den kommenden Wochen traf ich ihn noch oft auf der Bank und redete mit ihm. Er half mir Deutschland zu verstehen und ich erklärte ihm Syrien. Eines Tages erzählte er mir auch seine Geschichte – vom Krieg, von Kurt und den Engländern. Und davon, dass man sich von niemandem vorschreiben lassen soll, jemand anderen zu hassen. Wir Menschen seien alle gleich, sagte er, wir müssten nur miteinander reden, um das herauszufinden.

Fabian Herriger, geboren 1993, ist in einer Kleinstadt am Niederrhein aufgewachsen und lebt seit 2011 in Berlin. Er studierte Geschichte und Germanistik an der Freien Universität Berlin und widmet seine Zeit heute dem kreativen und journalistischen Schreiben.

Constantin Klemm

Kaiser

Bremerhaven, 1846

Johann zuckte. Hundertmal hatte er das Geräusch gehört, und trotzdem erschrak er jedes Mal. Die Mutter heulte kurz auf, dann war Stille. Sie hielt sich die Wange und blickte zu Boden.

Er hielt die Öllaterne in der Hand, das Licht flackerte über die Plane des Wagens und die am Boden liegenden Gepäckstücke. Links von ihm schüttelte der Vater seine Rechte und atmete schwer. So, als habe der Schlag ihm wehgetan, und nicht der Mutter. Die Kleinste stand ganz rechts. Ein dicker Faden lief aus ihrer Nase über den Mund nach unten.

Der Vater formte aus der schüttelnden Hand einen drohenden Zeigefinger, beugte sich vor, fuhr die Reihe von der Mutter bis zur Kleinsten ab und begann leise, wurde aber schnell lauter:

»Es wird nicht diskutiert. Wir schlafen im Wagen. Keine Gaststätte!«

Johanna konnte es nicht länger halten und hustete erbarmungswürdig. Sie drehte sich weg, die Kleine versuchte ihr auf den Rücken zu klopfen, kam aber nur bis zum Steiß. Christian stand zwischen ihr und der Mutter und starrte den Vater an. Die Mutter wagte einen letzten Versuch und schaute erst in Johannas Richtung und dann bittend zum Vater. Wie sie ihren Kopf in den Schein der Lampe hielt, sah Johann auf ihrer linken Wange einen dünnen Faden Blut. Hoffentlich hatte der Vater keinen Zahn getroffen. Das wäre sonst seine Aufgabe, und er hasste es. Er hätte die Laterne am liebsten ausgedreht.

So standen sie für einen Moment still. Es tropfte auf die Ladefläche. Der Regen schlug zwar nicht mehr auf die Plane wie vorhin, aber da, wo der Schrank sie auf der Fahrt aufgescheuert hatte, war der Flicken der Mutter so vollgesogen, dass er das in ihm gefangene Regenwasser jetzt wieder abgab.

Eben, als sie angekommen und zur Pier gefahren waren, hatte es so heftig geschüttet und gewindet, dass der Mitarbeiter der Reederei auf die schlagenden Taue und das im Wind knarrende Schiff gewiesen und den Vater nach einem kurzen Blick auf die Tickets weggeschickt hatte mit den Worten

»Hier fährt heute niemand nach New York!«

Ein paar Meter weiter waren ein junger Mann und ein junges Mädchen gestanden, fast nackt, die Körper in dunkler Farbe angemalt. Das Mädchen hatte ein seltsames Kostüm getragen, das im Wind flatterte, der Mann Späße gemacht. Er rief

»Keinen Regen hat man je gekannt, in dem Brasilienland«

und

»Treten Sie näher, es gibt Land für Jeden!«

Das Mädchen tanzte dazu.

Trotzdem hatte sich kaum jemand für sie interessiert. An ihren Füßen waren auf den Holzplanken dunkle Lachen gewesen von der vom Regen abgewaschenen Farbe.

***

Johann schaute nach unten auf seine Hände, mit denen er das unter dem Bierfilm liegende grobe Holzmuster des Tisches nachfuhr. Der Vater setzte den Krug an. Dann knallte er ihn so feste auf den Tisch, dass das darauf stehende Bier Johann ins Gesicht spritzte.

»Johann Heinrich Niedermeyer, du wirst ein Bauernkönig! Zwei Jahre müssen wir arbeiten, dann gehört das Land uns!!«

230

Der Vater schrie, dass die Leute an den Nebentischen sich umschauten. Zu »uns« stieß er ihn so heftig in die Schulter, dass sich ein kleiner Holzsplitter in Johanns Zeigefinger bohrte. Der Vater bemerkte es. Er war jetzt aufgedreht und sprang hoch und ging zur Theke, für einen Schnaps zum Säubern des Fingers.

Der Vater war gerade 36 Jahre alt. Das »uns« würde im schlimmsten Fall dauern, bis er selbst weit über 60 war. Er griff in den Mantel des Vaters, bekam den Beutel schnell zu fassen und rannte los.

<u>Südbrasilien, Februar 1914</u>

Das Mädchen gab sich wirklich Mühe, dachte Luise.

»Fssst ... fssst«

Seit ihrem überhasteten Aufbruch von der Raststation ging ein unablässiger Strom von Spucke auf das über ihrem Schoß aufgespannte Kleid nieder, und den Kopf vornübergebeugt bearbeitete sie mit ihren kleinen dunklen Fingergelenken die großen gelben Flecken.

Sie war allerdings auch selbst schuld, dachte Luise. Wäre sie, wie der Vater es angeordnet hatte, bei ihr geblieben, hätte sie sie vor der heranstürmenden Horde von Straßenkindern warnen können, die sich einen Spaß daraus gemacht hatten, sie in ihrem frisch genähten Kleid mit alten Früchten zu bewerfen. Außerdem hatte sie vorhin auch nur die ganze Zeit wie blöd gebetet und einen daumengroßen Holzjesus in ihren Fingern geknetet, der schon beinahe farblos war. Das hatte sie nun davon.

Die Kutsche schaukelte. Luise blickte zum Vater. Er schwitzte noch mehr als gewöhnlich. Sie strich, als ob ihr kalt wäre, mit den Händen über ihre nackten Oberschenkel und dann über den ebenfalls nackten Bauch. Den Schweiß wischte sie am Sitzpolster ab. Auch wenn er der Vater war: Jetzt fast nackt Knie an Knie ihm gegenüberzusitzen war ihr unangenehm. Zum Glück würden sie in einer Stunde am Bahnhof ankommen. Dann hatten sie zwar noch immer den Zug und fünf Tage mit dem Schiff bis Rio vor sich, aber sie würde sich dort neue Kleider anziehen können. Sie nahm sich vor, ihm in einem unbeobachteten Moment die peinliche Anstecknadel vom »Turnverein Baumschneis« vom Revers zu nehmen.

Sie schob den Vorhang zur Seite und blickte gedankenverloren nach draußen. Die Landschaft flirrte in der Sonne.

»Und wenn das Schiff untergeht, Papa? Gibt es dann trotzdem einen Ball? Oder war dann alles ...«

Weiter kam sie nicht. Sie sah die Hand im Augenwinkel, dann kam der Knall. Ihr Kopf schlug gegen die Bretterwand der Kutsche. Der Kopf des Mädchens schreckte ebenfalls hoch; auch sie zuckte mit dem ganzen Körper reflexhaft in die von ihr aus äußerste Ecke des Abteils. Sie zog den Spuckefaden ein, so schnell sie konnte und fuhr sich dann mit der Hand über den Mund. Luise sah, dass sie zitterte. Luises Ohr brannte. Der Vater packte mit der Rechten Luises Zopf und zog sie hoch, mit dem linken Zeigefinger fuchtelte er über ihrem Gesicht. Einige Poren an seinem Hemdkragen waren nach der letzten Rasur noch entzündet, der Schnurrbart vibrierte.

»Untersteh Dich, noch einmal in meiner Anwesenheit dein Vergnügen an irgendeinem Ball oder ...«

Er blickte sich um

»Kleid, oder Fest oder was auch immer auf eine Stufe mit dem Leib und Leben der Soldaten unserer kaiserlichen Marine zu stellen. Außerdem ...«

Sein Körper bebte, aber er ließ von ihr ab und setzte sich wieder

»Handelt es sich nicht um ein Schiff, sondern um fünf der neuesten und besten ...«

Er wurde wieder lauter und beugte sich vor. Das Mädchen kauerte sich wieder zurück in ihre Ecke, aber Luise wusste aus Erfahrung, dass kein zweiter Schlag kommen, sondern dass er jetzt anfangen würde, über die Schiffe zu erzählen. »Und wenn auch nur eines von denen untergeht, dann hat die Welt andere Sorgen als den Auftritt von Luise Niedermeyer auf irgendeinem Ball.«

Er holte Luft und setzte sich wieder voll in seine Bank.

»Die Namen der Schiffe haben wir übrigens …«

»Kaiser, Straßburg, König Albert …, Panther und Eber«,

sagte sie, und schaute dabei gespielt gelangweilt an die Decke der Kutsche.

»Na immerhin.«

Er zog an den Enden seines Bartes und schaute jetzt seinerseits aus dem Fenster. Das Mädchen begann wieder zu spucken. Luise blickte den Vater an.

***

Sie saß unter dem Ölgemälde einer Frau mit einem Blumenkranz im Haar auf einer Holzbank in einem Hotelflur gegenüber einer Tür. Sie war völlig durcheinander. Mit der Rechten krallte sie sich in die Lehne der Holzbank, mit der Linken umklammerte sie die Gottessohnfigur in ihrer Schürzentasche und betete.

Sie hatte von Anfang an nicht verstanden, was hier vor sich ging. Was sie mitbekommen hatte war, dass der Mann mit dem Schnauzbart, der Vater von Luise, die jetzt in dem Zimmer auf der anderen Seite des Flures war, ins Haus gestürmt war und ihren Herrn, den »Bürgermeister«, sprechen wollte. Nach einem kurzen Gespräch war er wieder herausgestürmt, es wurde kurz mit der Haushälterin geredet und die zeigte, vielleicht, weil sie zufällig gerade dastand, vielleicht auch, weil ihre Leistungen hinter denen des anderen Hausmädchens, das älter war und besser sprechen konnte, zurückblieben, auf sie. Darauf packte der Mann sie am Arm und zog sie hinter sich her nach draußen. Die Haushälterin rief ihr noch hinterher, sie sei bald wieder zurück, es werde sicher ein schöner Ausflug. Dann nahm der Mann, ohne, dass jemand etwas dagegen unternahm, eine der Kutschen vom Hof und fuhr los.

Senhorita Luise war die ganze Reise über sehr aufgeregt gewesen und hatte sie schlimmer herumkommandiert, als sie es bei der Haushälterin je erlebt hatte.

Am dritten Tag nach ihrer Ankunft hier war ein großes Fest gewesen, von dem Luise gut gelaunt wiedergekommen war. Seitdem hatte sie sich mehrmals mit einem Jungen in einem weißen Kostüm getroffen, der sehr selbstbewusst war. Er war zwar überhaupt nicht schön anzusehen, seine Ohren standen ab und seine Haare waren feuerrot, außerdem ging er gebeugt wie ein alter

Mann, denn er war riesig groß, aber Luise war ihm komplett verfallen.

Möglicherweise lag das daran, dass er sehr mächtig war. Er war zwar nicht der »Kaiser« (ein anderer Begriff aus ihrem noch geringen Wortschatz) selbst; von dem hing ein Bild im Haus. Er hieß Tesch, das stand auf einem kleinen Namensschildchen, das er an seiner Uniform trug. Aber auf der Mütze seines Kostüms stand das Wort »Kaiser« in großen goldenen Buchstaben und davor zweimal der Schlangenbuchstabe und einmal »Mama«. Außerdem war auf seiner Uniform ein Stern, der Luise sehr beeindruckt hatte. Wenn sie zu dritt durch die Stadt gegangen waren, sie stets zwei Schritte hinter Luise und Herrn Tesch, hatte Luise unablässig den Stern gestreichelt und dazu

»Mein Offizier, mein Offizier«

gesagt.

Sie wollte hier weg. Bei der Einfahrt in den Hafen hatte sie die Stadt als die Stadt wiedererkannt, in der sie auf dem Weg von zu Hause nach Baumschneis die Schiffe gewechselt hatten. Sie würde es irgendwie schaffen. Es konnte außerdem kein Zufall sein, dass der Blick der Muttergottes hinter ihr genau auf die Türklinke des Zimmers gerichtet war. Ihr Herz schlug schneller. Sie konnte natürlich nicht davon ausgehen, dass sie auch genau in dem Moment hinschauen würde, in dem der junge Mann oder Luise die Klinke hinunterdrücken würden. Aber es bestand immerhin eine gewisse Chance. Sie löste ihre Rechte von der Lehne, zog den Jesus aus der Schürzentasche, richtete ihn auf der Türklinke so aus, dass der Blick seiner Mutter genau in seine farblosen Höhlen fiel, bekreuzigte sich dreimal und rannte los.

<u>Sao Paulo, 2006</u>

Er trat an die Tür zum Esszimmer, rückte seine Krawatte zurecht, und als er die Türklinke herunterdrückte, die Tür sich langsam öffnete und er die Zeitung neben seinem Teller mit dem Ei und dem Schinkenbrot sah, hatte er ein gutes Gefühl.

Es klappte ganz selten. Immer seltener, um genau zu sein. Früher hatte es öfter geklappt.

Wenn die Lufthansa-Maschine in Frankfurt um kurz vor elf Uhr abends losflog, dann konnte – konnte, wohlgemerkt – es sein, dass sie in ihrem Laderaum bereits die Abendausgabe der Zeitung für den nächsten Tag nach Sao Paulo brachte. Hierzu bedurfte es einer Verkettung von Zufällen, die Ludwig Niedermeyer-Tesch trotz intensiver Recherche nie ganz durchblickt hatte, und es passierte wie gesagt immer seltener. Aber es passierte noch.

Er hatte sich vorgenommen, mit der Ausführung so lange
zu warten, bis es noch einmal passiert war.

Zitternd nahm er die gefaltete Zeitung in die Rechte und
schlug sie ruckartig auf, sodass die Titelseite vor ihm war.
Um sicherzugehen legte er sie wieder zurück, schob unter noch größerem Zittern die linke Hemdmanschette
zurück, und tatsächlich, das Datum war identisch: der
neunte Juni. In Deutschland schon einige Stunden älter,
aber der neunte Juni, ohne Zweifel.

Mit ungewohnt großem Appetit aß er sein Frühstück auf
und las die Zeitung bis zur letzten Zeile durch. Dann ging
er ins Schlafzimmer und tauschte die Freitagskrawatte
gegen die Sonntagskrawatte. Das hatte er sich so vorgenommen.

Er ging zurück ins Esszimmer und stellte sich an die großen, bis zum Boden reichenden Fenster. In der Zeitung
schrieben sie jetzt fast monatlich Lobpreisungen auf Bra-
silien als Reise- und Investitionsziel und auf Sao Paulo
als »pulsierendste Metropole der südlichen Hemisphäre«,
»New York Brasiliens« und so weiter.

Er schaute über das Häusermeer.
»Pulsierende Metropole«,

schön und gut.

Aber was nützte das, wenn man hier nicht zu Hause war?

Er öffnete die Balkontür und trat hinaus.

Er schob den Liegestuhl so hin, dass er auf die Brüstung steigen konnte.

Dann stieg er noch einmal herunter.

Er ging ins Wohnzimmer, nahm die Zeitung vom Esstisch und steckte sie sich in die Tasche seiner Anzugsjacke. Man konnte nie wissen, wer gerade am Empfang arbeitete. Die Älteren kannten ihn. Aber er war in den letzten Jahren nur noch sehr sporadisch aus dem Haus gegangen, und wenn die Hausverwaltung wieder jemanden Neues eingestellt hatte, würde der ihn jedenfalls an der Zeitung erkennen.

Constantin Klemm wurde 1986 in Köln geboren. Nach einer Ausbildung zum Bankkaufmann studierte er Jura sowie einige Semester Evangelische Theologie in Berlin. Dort arbeitet er heute in einer internationalen Anwaltskanzlei. Er schreibt zurzeit an seinem ersten Roman.

Alexander Broicher

DU

DU kneifst deine Augen, versuchst, dich zu konzentrieren. Versuchst, dich an etwas zu erinnern, das du schon gesehen hast. Eine ferne Erinnerung aus deinem Kopf abzurufen.
Aber du kannst die Schriftzeichen nicht lesen.
Du warst nie ein Überflieger, aber daran liegt es nicht. Das hier ist eine andere Welt. Eine Welt, auf die du nicht vorbereitet wurdest. Andere Sprache, andere Kultur, andere Schriftzeichen, andere Lesrichtung. Du musst noch viel lernen. In der Schule warst du nicht schlecht, aber das nutzt dir hier nichts. Gar nichts. Eigentlich hast du dich als Kind wacker geschlagen. Sonst wurdest du es. Dein Vater und deine Mutter waren streng. Wollten etwas Besseres für dich. Wollten, dass du rauskommst aus dem mehligen Staub der kleinen Backstube, in der du groß geworden bist, bis deine Eltern genug Geld hatten, dich auf die Schule zu schicken. In der Backstube, in der du statt Brot Träume in deinem Kopf gebacken hast. Träume, die du nicht mehr träumen kannst. Träume vom Lachen, von Friede und vom Glück einer großen Familie.

Manchmal denkst du, der Mensch ist wie eine Zwiebel. Er besteht aus vielen Schichten. Aus Häuten. Im Kern, in der Mitte sitzt *nafs*, die Seele, das Selbst. Und dann, dann kommen die Gefühle, die eigenen Handlungen, dann die anderen, erst die Familie, dann die Freunde, dann die Nachbarn, dann die anderen, dann die entfernt Bekannten, dann das Viertel, die Stadt, die Region und am Ende das Land, das du deine Heimat nennst. Und während du dies deinem Nachbar auf der Pritsche sagst, während du es aussprichst, bemerkst du, wie viele deiner eigenen Häute du verloren hast, als du vor den Bomben und dem Hunger geflohen bist.

Und dann, dann fällt dir auf, was es für die inneren Häute bedeutet, wenn die äußerste sich ändert. Und du sagst es deinem Pritschennachbar und du bist nicht sicher, dass er es versteht. Du bist auch nicht sicher, ob du es selber verstehst. Dann wird dir klar, es ist alles nur Imagination. Hier, im echten Leben, in dem du dich wohl oder übel gerade befindest, wie dir schlagartig bewusst wird, scheut jeder die heiße Herdplatte der Erinnerung. Das weißt du, du und er, die ihr euch nun so voller Unverständnis anblickt und wünschtet, nicht in dieser Lage, nicht in dieser Situation, nicht an diesem Ort zu sein, sondern vielmehr mit euren Frauen, Freunden und Kindern an einer großen Tafel in eurem Heimatort zu sitzen, eure Großeltern an den Köpfen des Tisches, aus Respekt, so wie ihr es den älteren Generationen zu Ehren schon immer gemacht habt. Doch leider sind alle tot. Und so sitzt ihr zwei hier. Zwei Männer auf zwei Pritschen. Du weißt, sie werden es euch vorwerfen, werden euch vorwerfen, dass ihr hier seid in diesem fremden, kalten Land, das euch zwar aufnimmt, aber euch dennoch nicht warm behandelt. Werden euch vorwerfen, dass ihr mehr Männer seid als Frauen. Aber wie willst du ein totes Kind und eine ertrunkene Frau erklären, in einer Sprache, die du nicht sprichst, in einer Schrift, vielleicht einer Welt, die andersherum läuft?

Also bleibt nur schweigen und abwarten. Du hast schon lange gewartet. Du darfst nicht arbeiten, nichts tun. Wenn du ehrlich bist, nagt es an deinen Nerven. Aber du willst nicht undankbar sein und hälst deinen Mund. Die Stimmung unter den anderen ist meist heiter, aber manchmal auch gereizt. Du und sie, ihr seid viele. Und alle sitzen im gleichen Boot, auch hier.

Du hast schon einmal in einem anderen Boot gesessen. Du hast den Weg über den Ozean gemacht. Ein Ozean voller Tränen. Aber du, du hast keine Tränen mehr. Zumindest bei Tag nicht. Nachts sind sie manchmal da, dann sind deine Gedanken schwarz, so schwarz wie die Nacht der Überfahrt. Sie erzählen von Tod und dem schwarzen Meer, das deine Frau Karima begraben hat. Ganz ohne Zeremonie, nur der Sturm pfiff seine grelle Melodie, das Requiem des Ozeans.

Manchmal wachst du schreiend auf. Schweißgebadet. Die anderen in der Baracke nennen dich verächtlich Schreivogel. Du musst an die Mövenschreie denken, die wie zum Hohn deine Reise begleitet haben.

Aber das ist dir egal. Was sollst du machen? Vor der Reise haben sie dir alles abgenommen. Und was dir geblieben ist, wurde dir auf der Reise entrissen. Du hattest hinter Karima herspringen wollen, doch du warst festgebunden mit zehn anderen, an jenem Seil, das eure Leben gerettet hat, aber nicht ihres.

Dein Leben hatte dir nichts mehr bedeutet ohne Karima. Betrogen vom Schicksal, dachtest du so manches Mal. Aber immerhin am Leben. Vielleicht soll es deine Pflicht sein, es weiterzuführen. Ihr zuliebe vielleicht.

Deswegen willst du mit diesem Leben etwas machen, etwas Sinnvolles. Arbeiten wäre gut. Aber du sollst stillhalten. Du darfst nicht arbeiten, du bekommst Taschengeld, wie ein Kind. Gutscheine für das Nötigste. Ein Leben besteht manchmal nur aus dem Nötigsten. Deine Gastgeber sind bemüht und auch großzügig, das ist nicht das Problem. Nur würdest du gerne etwas tun, denn du wirst immer unsicherer. Aber du darfst keine Gefühle zeigen, außer Dankbarkeit. Du bist entkernt. Aber am Leben.

DU bist ein leichtes Opfer für mich. Du wirst mir büßen. Du wirst unsere Sprache nicht annähernd genug beherrschen, um eine Anzeige aufzugeben.

Dolmetscher sind längst rar geworden. Die Misshandlungen sind mittlerweile an der Tagesordnung. In den Baracken werden diese nur noch auf vorgedruckten Formularen festgehalten. Aber jeder weiß, eine Anzeige gegen Unbekannt wird nicht verfolgt.

Deine Gerechtigkeit ist der Stempel auf deinem Formular.

Du wirst für alles büßen. Morgen komme ich wieder. Und ich werde nicht allein sein. Morgen wirst du büßen, für die Sünden deiner Brüder.

Morgen werden du und deine Brüder büßen. Für unsere Arbeitslosigkeit, dass meine Freundin mich verlassen hat, für dein Handy und für die Schläge meines Vaters. Dass nicht alle, die vor Bürgerkrieg fliehen, Ingenieure und Ärzte sind. Und überhaupt für alles, was in diesem Land schiefläuft.

Nimm dich in Acht, renn besser! Weit, weit weg!

Spürst du es schon? Spürst du schon die Angst, Du?

Alexander Broicher ist Autor und Herausgeber. Er ist u. a. ausgezeichnet mit dem Literaturpreis des Deutschen Schriftstellerverbandes, dem Promax Europe sowie dem Eyes and Ears Award. In seinen vergangenen Werken beschäftigt sich Broicher vermehrt mit gesellschaftlichen Veränderungsprozessen und der Ethik einer digitalen Welt. Sein Bestseller »fakebook« erschien im Heyne Verlag. Die vorliegende Geschichte ist ein Auszug aus seinem neuen Roman »Wut«, der zu Beginn des Jahres 2017 erscheint.

Friedrich Ani

In der Mission

R:
Querflöte kann ich nicht
ausstehen, nicht ausstehen, kann ich
nicht, nicht hören, nicht
sehen. Gitarre

kann ich spielen, soll
ich? Siehst du
meine Finger, mein
Barré? Du hast

keine Ahnung von
Fis-Dur und dem schönen

d-Moll. Meine Frau
ist weg aus Scham

vor mir. Noch ein
Blues gefällig?

P:
Hab Schreiner gelernt und
leb auf der Straße mit

Betonung auf
leb.

F:
Mich nahm ein Herr beiseit
und dann mit heim. Es war
nicht weit, und ich war
breit und geh von Haus aus jedem
auf den Leim.

Ich tat, was er
befahl, so etwa
fünfzehn Mal, er gab mir
Geld, nicht viel, es war ja
nur ein Spiel.

Ich reim auf alles
irgendwas, ich mach mich
nass vor Lachen und vor
Heulen, wenn du

mich schlagen willst für zwanzig
Euro, tu's, an mir
ist nichts mehr zu verbeulen.

A:
Gott persönlich zeigte mir den
Vers, seither trinke ich

nichts mehr. Brauch neue
Schuhe, traf meinen

Bruder auf dem
Bahnsteig, wohin die
Stimme mich geführt
hat, er sagte: St. Bonifaz

verteilt die besten
Schuhe, Deichmann ist
dagegen Klumpatsch.

Sterben wollt ich
oft nach jeder
Vergewaltigung, wo

Jehova doch verbietet,
dass ein Mann mit einem
Mann, bin dann

wieder auferstanden, Gott
zu preisen, Armageddon
zu verhindern.

M:
Unweit von Fukushima
kam ich auf die Welt und
bemale Bretter aller
Art, ist billiger als

Malen auf Papier. Wenn ich
reich bin, reis ich dann
noch einmal in mein
Dorf, und ich verziere

weiße Steine. So fing
alles an.

K:
Bauernhöfe, ich vermisse
Bauernhöfe in der
Stadt. Wo sind die
vielen Bauernhöfe hin.
Als ich ein Kind war,
waren sie noch da. Ich
vermisse Bauernhöfe, warum
gibt es keine Bauernhöfe
in der Stadt.

B:
Eins zwei
drei vier
fünf sechs
sieben acht
neun zehn
Deutsch aus.

D:
Wir zogen durch

Europa und spielten
in ausverkauften
Zelten, ich war

der Dumme August und
hatte immer Angst. Im
Publikum, wer weiß
das schon, saßen

Horch und Guck wie
damals überall, vor
allem, als ich wegging
und nicht wiederkam, die

Angst, die geht nicht
weg, die ist dabei im
abgeschabten Koffer und
im Kopf, wohin wir je

auch kamen, mir zitterte
der Leib, in Griechenland,
Italien, in Spanien,
Skandinavien. Ins Ruhrgebiet

führt mich mein Weg, und wenn
ich endlich meinen
Wohnberechtigungsschein
hab, dann ist auch

eine Wohnung nicht
mehr weit.

N:
Das Wichtigste im
Leben: gescheite
Wohnung, Geld und
Sex. Sechs
Monate im Knast. Besser
als im Heim mit
Sägewerksbesitzern jede
Nacht. Ich brauch
Stille, Liebe, einen
warmen Schal und
Tanzmusik. Die
Krücken hab ich
fürs Geschäft, wozu
denn sonst? Verurteilt
wegen räuberischem
Diebstahl, was
hätt ich tun sollen, sie
war einundzwanzig, Parfüm
ist teuer, und das Messer
hatt ich zufällig
dabei. Ich sag: Humor
muss sein. Zwei Euro
wären nett für
meine Autobiografie.

S:
Wenn man lebt, ist
viel gewonnen. Einmal,
nur einmal hätt ich gern
von vorn begonnen.

Alles ändert
sich im Leben, alles,
sogar die Träume sind
im Nu vergeben.

Krank sein macht nichts.
Tod ist schlimmer, wenn du
begreifst, du hast die Lieb,
die Liebe nimmer.

Herz, mein Herz, wo
magst du schlagen, sag mir,
wie soll ich Nacht um Nacht
allein ertragen?

Wird schon wieder,
muss doch werden, niemand
ist nichts, ein jeder ist
ein Licht auf Erden.

Friedrich Ani *schreibt Romane, Gedichte, Jugendbücher, Hörspiele und Drehbücher. Er erhielt sieben Mal den Deutschen Krimipreis sowie den Adolf-Grimme-Preis und den Bayerischen Fernsehpreis. Sein Roman »Der namenlose Tag« (Suhrkamp) wurde unter die zehn besten internationalen Kriminalromane des Jahres gewählt und wird von Volker Schlöndorff verfilmt. Zuletzt erschien sein Roman »Nackter Mann, der brennt«. Friedrich Ani ist Mitglied der Bayerischen Akademie der Schönen Künste und des Internationalen PEN-Clubs. Er lebt in München.*